杭州优秀传统文化丛书编纂委员会

丛书编辑部

郭泰鸿　安蓉泉　尚佐文　姜青青　李方存
艾晓静　陈炯磊　张美虎　周小忠　杨海燕
潘韶京　何晓原　肖华燕　钱登科　吴云倩
杨　流　包可汗

特别鸣谢各位专家从文史知识、政治导向、文艺创作等方面对本书的悉心审读和指导：

王其煌　邵　群　洪尚之　张慧琴（系列专家组）
魏皓奔　赵一新　孙玉卿（综合专家组）
夏　烈　朱小如（文艺评论家审读组）

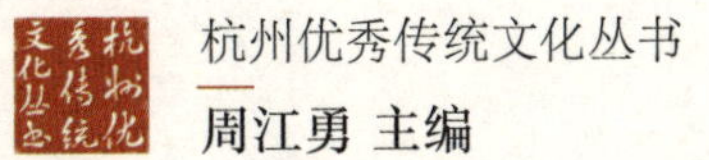
杭州优秀传统文化丛书
周江勇 主编

一曲溪流一曲烟

陈博君 著

杭州出版社

图书在版编目（CIP）数据

一曲溪流一曲烟 / 陈博君著 . -- 杭州 : 杭州出版社 , 2020.9

（杭州优秀传统文化丛书 / 周江勇主编）

ISBN 978-7-5565-1353-6

Ⅰ . ①一… Ⅱ . ①陈… Ⅲ . ①诗词－诗歌欣赏－中国－通俗读物 Ⅳ . ① I207.2-49

中国版本图书馆 CIP 数据核字（2020）第 171079 号

Yi Qu Xiliu Yi Qu Yan

一曲溪流一曲烟

陈博君/著

责任编辑 王 凯
装帧设计 祁睿一 李铁军
美术编辑 祁睿一
责任校对 段伟文
责任印务 屈 皓
出版发行 杭州出版社（杭州西湖文化广场32号6楼）
电话：0571-87997719 邮编：310014
网址：www.hzcbs.com
排　　版 浙江时代出版服务有限公司
印　　刷 杭州日报报业集团盛元印务有限公司
经　　销 新华书店
开　　本 710 mm × 1000 mm 1/16
印　　张 14.75
字　　数 181千
版 印 次 2020年9月第1版 2020年9月第1次印刷
书　　号 ISBN 978-7-5565-1353-6
定　　价 45.00元

寄 语

中华优秀传统文化是中华民族的精神命脉，是我们在世界文化激荡中站稳脚跟的坚实根基。杭州拥有实证中华五千多年文明史的圣地良渚古城遗址，是首批国家历史文化名城和中国七大古都之一，历史给杭州留下了众多优美的传说、珍贵的古迹和灿烂的诗篇。西湖、大运河、良渚三大世界遗产和灵隐寺、岳庙、六和塔等饱经沧桑的名胜古迹，钱镠、白居易、苏轼、岳飞、于谦等名垂青史的风流人物，西泠篆刻、蚕桑丝织技艺、浙派古琴艺术等代代传承的非物质文化遗产，形成了完整的文化序列、延绵的城市文脉。“杭州优秀传统文化丛书”旨在保护城市文化遗存、弘扬优秀传统文化，包括一部专著和十个系列一百余册书籍，涵盖城史文化、山水文化、名人文化、遗迹文化、艺术文化、思想文化等方方面面，以读者为中心，具有“讲故事、轻阅读、易传播”的特点。希望广大读者能通过这套丛书，走进处处有历史、步步有文化的人间天堂，品读历史与现实交汇的独特韵味，在坚定文化自信中当好中华文明的薪火传人。

（周江勇，中共浙江省委常委、杭州市委书记，“杭州优秀传统文化丛书”主编）

序　言

文化是城市最高和最终的价值

我们所居住的城市，不仅是人类文明的成果，也是人们日常生活的家园。各个时期的文化遗产像一部部史书，记录着城市的沧桑岁月。唯有保留下这些具有特殊意义的文化遗产，才能使我们今后的文化创造具有不间断的基础支撑，也才能使我们今天和未来的生活更美好。

对于中华文明的认知，我们还处在一个不断提升认识的过程中。

过去，人们把中华文化理解成“黄河文化”“黄土地文化”。随着考古新发现和学界对中华文明起源研究的深入，人们发现，除了黄河文化之外，长江文化也是中华文化的重要源头。杭州是中国七大古都之一，也是七大古都中最南方的历史文化名城。杭州历时四年，出版一套“杭州优秀传统文化丛书”，挖掘和传播位于长江流域、中国最南方的古都文化经典，这是弘扬中华优秀传统文化的善举。通过图书这一载体，人们能够静静地品味古代流传下来的丰富文化，完善自己对山水、遗迹、书画、辞章、工艺、风俗、名人等文化类型的认知。读过相关的书后，再走进博物馆或观赏文化景观，看到的历史遗存，将是另一番面貌。

过去一直有人在质疑，中国有三千年文明，何谈五千年文明史？事实上，我们的考古学家和历史学者一直在努力，不断发掘的有如满天星斗般的考古成果，实证了五千年文明。从东北的辽河流域到黄河、长江流域，特别是杭州良渚古城遗址以4300—5300年的历史，以夯土高台、合围城墙以及规模宏大的水利工程等史前遗迹的发现，系统实证了古国的概念和文明的诞生，使世人确信：这里是古代国家的起源，是重要的文明发祥地。我以前从来不发微博，发的第一篇微博，就是关于良渚古城遗址的内容，喜获很高的关注度。

我一直关注各地对文化遗产的保护情况。第一次去良渚遗址时，当时正在开展考古遗址保护规划的制订，遇到的最大难题是遗址区域内有很多乡镇企业和临时建筑，环境保护问题十分突出。后来再去良渚遗址，让我感到一次次震撼：那些“压”在遗址上面的单位和建筑物相继被迁移和清理，良渚遗址成为一座国家级考古遗址公园，成为让参观者流连忘返的地方，把深埋在地下的考古遗址用生动形象的“语言”展示出来，成为让普通观众能够看懂、让青少年学生也能喜欢上的中华文明圣地。当年杭州提出西湖申报世界文化遗产时，我认为是一项需要付出极大努力才能完成的任务。西湖位于蓬勃发展的大城市核心区域，西湖的特色是“三面云山一面城”，三面云山内不能出现任何侵害西湖文化景观的新建筑，做得到吗？十年申遗路，杭州市付出了极大的努力，今天无论是漫步苏堤、白堤，还是荡舟西湖里，都看不到任何一座不和谐的建筑，杭州做到了，西湖成功了。伴随着西湖申报世界文化遗产，杭州城市发展也坚定不移地从“西湖时代”迈向了“钱塘江时代”，气势磅礴地建起了杭州新城。

从文化景观到历史街区，从文物古迹到地方民居，众多文化遗产都是形成一座城市记忆的历史物证，也是一座城市文化价值的体现。杭州为了把地方传统文化这个大概念，变成一个社会民众易于掌握的清晰认识，将这套丛书概括为城史文化、山水文化、遗迹文化、辞章文化、艺术文化、工艺文化、风俗文化、起居文化、名人文化和思想文化十个系列。尽管这种概括还有可以探讨的地方，但也可以看作是一种务实之举，使市民百姓对地域文化的理解，有一个清晰完整、好读好记的载体。

传统文化和文化传统不是一个概念。传统文化背后蕴含的那些精神价值，才是文化传统。文化传统需要经过学者的研究提炼，将具有传承意义的传统文化提炼成文化传统。杭州在对丛书作者写作作了种种古为今用、古今观照的探讨交流的同时，还专门增加了“思想文化系列”，从杭州古代的商业理念、中医思想、教育观念、科技精神等方面，集中挖掘提炼产生于杭州古城历史中灵魂性的文化精粹。这样的安排，是对传统文化内容把握和传播方式的理性思考。

继承传统文化，有一个继承什么和怎样继承的问题。传统文化是百年乃至千年以前的历史遗存，这些遗存的价值，有的已经被现代社会抛弃，也有的需要在新的历史条件下适当转化，唯有把传统文化中这些永恒的基本价值继承下来，才能构成当代社会的文化基石和精神营养。这套丛书定位在“优秀传统文化”上，显然是注意到了这个问题的重要性。在尊重作者写作风格、梳理和讲好“杭州故事”的同时，通过系列专家组、文艺评论组、综合评审组和编辑部、编委会多层面研读，和作者虚心交流，努力去粗取精，古为今用，这种对文化建设工作的敬畏和温情，值得推崇。

人民群众才是传统文化的真正主人。百年以来，中华传统文化受到过几次大的冲击。弘扬优秀传统文化，需要文化人士投身其中，但唯有让大众乐于接受传统文化，文化人士的所有努力才有最终价值。有人说我爱讲“段子”，其实我是在讲故事，希望用生动的语言争取听众。今天我们更重要的使命，是把历史文化前世今生的故事讲给大家听，告诉人们古代文化与现实生活的关系。这套丛书为了达到“轻阅读、易传播”的效果，一改以文史专家为主作为写作团队的习惯做法，邀请省内外作家担任主创团队，组织文史专家、文艺评论家协助把关建言，用历史故事带出传统文化，以细腻的对话和情节蕴含文化传统，辅以音视频等其他传播方式，不失为让传统文化走进千家万户的有益尝试。

中华文化是建立于不同区域文化特质基础之上的。作为中国的文化古都，杭州文化传统中有很多中华文化的典型特征，例如，中国人的自然观主张“天人合一”，相信“人与天地万物为一体”。在古代杭州老百姓的认知里，由于生活在自然天成的山水美景中，由于风调雨顺带来了富庶江南，勤于劳作又使杭州人得以“有闲”，人们较早对自然生态有了独特的敬畏和珍爱的态度。他们爱惜自然之力，善于农作物轮作，注意让生产资料休养生息；珍惜生态之力，精于探索自然天成的生活方式，在烹饪、茶饮、中医、养生等方面做到了天人相通；怜惜劳作之力，长于边劳动，边休闲娱乐和进行民俗、艺术创作，做到生产和生活的和谐统一。如果说“天人合一”是古代思想家们的哲学信仰，那么“亲近山水，讲求品赏”，应该是古代杭州人的生动实践，并成为影响后世的生活理念。

再如，中华文化的另一个特点是不远征、不排外，这体现了它的包容性。儒学对佛学的包容态度也说明了这一点，对来自远方的思想能够宽容接纳。在我们国家的东西南北甚至是偏远地区，老百姓的好客和包容也司空见惯，对异风异俗有一种欣赏的态度。杭州自古以来气候温润、山水秀美的自然条件，以及交通便利、商贾云集的经济优势，使其成为一个人口流动频繁的城市。历史上经历的“永嘉之乱，衣冠南渡”，“安史之乱，流民南移”，特别是“靖康之变，宋廷南迁”，这三次北方人口大迁移，使杭州人对外来文化的包容度较高。自古以来，吴越文化、南宋文化和北方移民文化的浸润，特别是唐宋以后各地商人、各大商帮在杭州的聚集和活动，给杭州商业文化的发展提供了丰富营养，使杭州人既留恋杭州的好山好水，又能用一种相对超脱的眼光，关注和包容家乡之外的社会万象。这种古都文化，也代表了中华文化的包容性特征。

城市文化保护与城市对外开放并不矛盾，反而相辅相成。古今中外的城市，凡是能够吸引人们关注的，都得益于与其他文化的碰撞和交流。现代城市要在对外交往的发展中，进行长期和持久的文化再造，并在再造中创造新的文化。杭州这套丛书，在尽数杭州各色传统文化经典时，有心安排了“古代杭州与国内城市的交往”“古代杭州和国外城市的交往”两个选题，一个自古开放的城市形象，就在其中。

“杭州优秀传统文化丛书”在传统和现代的结合上，想了很多办法，做了很多努力，他们知道传统文化丛书要得到广大读者接受，不是件简单的事。我们已经走在现代化的路上，传统和现代的融合，不容易做好，需要扎扎实实地做，也需要非凡的创造力。因为，文化是城市功能的最高价值，也是城市功能的最终价值。从“功能城市”走向“文化城市”，就是这种质的飞跃的核心理念与终极目标。

单霁翔

2020年9月

（单霁翔，中国文物学会会长）

浙江名胜图（局部）

前　言

“溪水何缘也姓西，淡妆浓抹更相宜。”清末词人朱祖谋的一首《浣溪沙·西溪泛舟写呈梦坡》，不仅生动描摹了“荻花抛雪点，红树压芦漪”的美丽西溪自然风貌，也让我们在字里行间真切地感受到了西溪文化源远流长、多元多彩的迷人魅力。

的确，作为一片地处于繁华之都却窅然尘世之外的人间净土，西溪拥有一份内外兼修的独特气质。这里峰峦叠翠，沙屿萦回，茂林深幽，溪流静远，有着与众不同的原始质朴自然景象。同时，这种世外桃源般的自然环境所散发出来的“野、冷、孤、静、幽”特质，又令大批文人墨客流连忘返，因此自南宋以来，西溪就成了历代文人的寻梦之所和归隐之地。

而这，似乎也早已成为西溪留给大众最直观、最深刻的印象。

但事实上，西溪远非只是文人墨客离尘避世的小天堂。自唐宋以降，被这里的自然山水和人文气质所深深吸引的各界人士，其实是三教九流，无所不含的。上自帝皇将相，下至贫寒百姓，凡官宦、商贾、僧尼、游民，乃至青楼歌伎、丧国遗民、逃荒难民等等，都曾在西溪的历史中留下过点滴痕迹。这些身份地位大相径庭的社会各界人士，或出生于西溪，或成长于西溪，或游历过西溪，或归隐在西溪，皆以各自不同的方式，为西溪的演绎进化添砖加瓦。其中，题词作诗便是最为流行、最成气象的一种为西溪做贡献的文化形式。

西溪诗风之盛，不仅体现在创作者身份各异、对象广泛，更体现在作品的数量多、题材广。因此，在蔚为壮观的西溪历代诗词中，我们欣赏到的绝不只是“千顷蒹葭十里洲”的西溪美景，感受到的也绝不仅有“不羡人间万户侯”的超凡心态，我们还看到了“景物以人转，芳华堪继美”的“蕉园诗社”姐妹们是如何为心中的理想而不懈追求的；看到了“功成名遂退林丘，贵仕三朝富一畴”的杨家兄弟是如何联手垦荒造福一方的，看到了“为爱西溪好，长忧溪水穷”的地方父母官是如何心系百姓齐心作为的，看到了“中有孝子屋三楹，纯孝终身感至诚”的“八千卷楼”主人是如何驻守祖屋以尽孝道的……

一首首美妙动人的西溪诗词，正如清代诗人厉鹗的诗句“一曲溪流一曲烟”，似那一曲曲蜿蜒流淌的溪流，在西溪的历史长河中氤氲成了一片又一片撩人心弦的过往云烟，让社会大众不知不觉地突破了对西溪的固有印象，从而邂逅一个更为立体、更加全面的真正西溪。

没错，西溪决不只是大德高僧修身养性、落魄之士抚慰心灵、亡国遗民舔舐伤痛的“世外桃源”，更是历代名流乃至普通百姓尽显风雅、展现情义、弘扬气节、坚守传统中华美德、挥洒积极人生姿态的“精神家园”。而从西溪历代诗词中发现这些不一样的魅力，正是本书再品西溪历代诗词的初衷，也是重温这些诗词故事的意义所在。

目 录

第三章

气节耀西溪

第一章

风雅聚西溪

爱山不买城中地

二月的江南，正值春光乍暖，草长莺飞的美好时节。在南宋都城临安境内，无论是风光旖旎的西湖，还是清幽静谧的西溪，掩映在青山绿水间的各处宅院墙门内，青青的小草和茸茸的苔藓都已铺起了鲜嫩的绿毯，缤纷的花卉在枝头欢声笑语地竞相开放，令人不由得心驰神往。

迎着和煦中略带一丝微凉的春风，一位神情悠闲的男子在春光中信步前行，当他来到一座小小的花园门前，不由得停下了脚步。听人说，这是一处十分别致的花园，里面栽种着不少上好的花木，想必这会儿应该都正争芳吐艳吧？

男子很想进园欣赏一下里面的花木，他四下张望起来，却未见任何人影，于是便上前几步，抬手轻轻地敲了敲那扇用杂木做成的简陋院门。院内依旧静静的，一点声音也没有。男子忍不住又重重地叩了几下，仍是无人应声。

“唉，大概是这家主人怕院子里那满地的青苔被人踩坏了，所以才故作不理、闭门谢客吧？”男子自言自语着，心中充满了失望。

湿地的月亮　蒋跃绘

西溪初春　蒋跃绘

他无可奈何地回过身，正满怀遗憾地准备离去，忽然在抬头刹那，看到了一抹鲜艳的红色在墙头盛放。定睛一看，哈哈，原来是花园内的一枝杏花，正从院墙上探出头来，迎着那和丽的阳光灿然绽开呢！这意外的惊喜，霎时将男子心头的那一点点失落吹拂得烟消云散，让他感受到了一种关锁不住的蓬勃生命力。这种蕴含着人生哲理的坚韧力量，让男子禁不住莫名感动。于是，这位风雅才子将这份感动写成了一首非常著名的小诗，叫作《游园不值》：

应怜屐齿印苍苔，小扣柴扉久不开。
春色满园关不住，一枝红杏出墙来。

这个男人名叫叶绍翁，是宋代很有代表性的江湖诗派诗人。因为写了这首“一枝红杏出墙来”的《游园不值》，他又得了一个“红杏诗人”的雅号。这个雅号对于十分崇尚恬淡闲适的叶绍翁来说，肯定是十分受用的。不过，要是他知道“红杏出墙”竟会被后世演绎成另一种含蓄的指代，那这位“红杏诗人”一定要大跌眼镜了吧？

——

叶绍翁，字嗣宗，号靖逸。其祖籍为建安（今福建建瓯），原姓李，其祖父李颖士因帮助宋高宗安全转移，曾获任越州（今浙江绍兴）通判、大理寺丞、刑部郎中等职，后在秦桧构陷御史中丞赵鼎的过程中受牵连而遭贬，导致家道中落。因此，叶绍翁年少时，就被过继给了浙江龙泉的叶家，由此改为叶姓。

叶绍翁文笔优美，才华横溢，但却性情淡泊，并不热衷功名利禄。因此，他虽然曾经做过几年的朝廷小官，但于仕途并无追求，于是很快就选择归隐在了西湖之滨。

他远离市井，离群索居，观自然山水，写悠然心绪，整日浸淫在风光美景和无边风月之中，过着一种闲云野鹤般的悠游生活。

从现有并不太多的存世文字所透露的信息来看，叶绍翁的一生似乎并无多少曲折离奇的故事，但这并不等于说他的一生，就是十分平淡无趣的一生。相反地，正因为叶绍翁有着一种极其超然的生活姿态，使得他的一生堪称是风雅细腻到了极致的一生。他那令许多人望尘莫及的生活状态，在一首题为《西湖秋晚》的小诗中，可以说诠释得十分生动透彻了。诗中这样写道：

爱山不买城中地，畏客长撑屋后船。
荷叶无多秋事晚，又同鸥鹭过残年。

宁可在山乡田园中伴随着鸥鹭度过余生，也不愿跑到城市里去置地购屋，这种返璞归真的超然境界，即便放到千年之后的今日，不还是令许多人心驰神往的吗？

叶绍翁当然很超脱，但他并不自闭。但凡文人雅士，几乎都有这样一个共性，那就是与平素无甚瓜葛之人，常常是话不投机半句多，总是给人留下一副孤芳自赏的清高印象；而一旦遇到趣味相投的文朋诗友，则会相见恨晚，无话不谈，酒逢知己千杯少。叶绍翁亦是如此，尽管他一贯特立独行、与世无争，但这并不妨碍他拥有一批相互欣赏的知心挚友。

比如，一直在朝中为官，曾官至礼部侍郎、户部尚书的南宋理学家真德秀。虽然他所走的人生道路与叶绍翁截然不同，但因其廉仁公勤、性格率真、敢于谏言，曾向朝廷上奏疏数十万字，而备受叶绍翁的敬重和赏慕。他俩在一次偶然的交集中相识相知，从此结为好友。叶

西溪的深秋　蒋跃绘

绍翁还不止一次赋诗相赠，并在诗中与真德秀进行心灵上沟通。下面这首《九日呈真直院》便是一个例证：

秋风吹客客思家，破帽从渠自在斜。
肠断故山归未得，借人篱落种黄花。

除了真德秀，叶绍翁很少交往官场上的朋友。他更愿意唱和交游的，显然是那些与他生活状态更为接近的隐逸之士，比如葛天民、赵眉翁、陈宗之等。从他题赠给这些友人的诗作中，我们不难发现，都有一种对追求超尘境界的相互勉励萦绕其中。尤其是同样隐居在杭州的葛天民，与叶绍翁更是过从甚密。这位曾经做过僧侣，后又还俗归隐的南宋诗人，因镜像野逸、意境幽远的诗作而备受叶绍翁的推崇。甚至连他的隐居生活状态，也屡屡被叶绍翁写进诗中。如《葛天民隐居》诗曰：

种竹成新列，移兰即旧阴。
老铛犹有耳，古柳已无心。
得句添杯满，贪炉到夜深。
篝灯聊点校，春水没衣砧。

兰草葳蕤，古柳婆娑，新竹成列……从叶绍翁的这首诗中可以看出，葛天民的隐居之地草木茂盛、环境清幽，也是相当的不错。尽管此诗很难看出具体的地点是在哪儿，但他的另一首描写葛天民种植芦苇的诗中所呈现的场景，却是有清溪、有河渚，有渔舟、有鹭鸟，有蓬萍、有芦荡，诸多的元素全都明确无误地指向了杭州西溪。这首题为《赋葛天民栽苇》的诗中，这样写道：

叶碍渔舟入，丛分水国宽。
低回藏鹭渚，仿佛钓鱼竿。
荡户和萍送，溪翁当竹看。

所怜如许节，不耐雪霜寒。

如此看来，这位葛天民即便不是直接隐居在西溪，也定是个无比钟爱西溪，愿意专程赶来西溪种植芦苇的风雅之人。

——

正所谓物以类聚，人以群分。跟好友葛天民一样，叶绍翁毫无疑问也是一位西溪的忠实粉丝，他对西溪非同一般的热爱，全都写在了一首又一首颂咏西溪的美妙诗歌里了。

在他的笔下，《西溪》是这样的：

一条横木过前溪，村女齐登采叶梯。
独立衡门春雨细，白鸡飞上树梢啼。

阅读此诗，生动的画面顿时在眼前活灵活现地浮现：漫步走过一道横在清溪之上的木桥，但见两旁繁茂的桑树丛中，村姑们正爬在梯子上采摘绿油油的桑叶；站在简陋的屋舍下，望着窗外的绵绵春雨，忽然看见一只羽毛洁白的大鸟扑棱棱地飞上树梢，在雨中高声长鸣起来……

都说情人眼里出西施。简朴如乡野村姑的西溪田园景象，在叶绍翁的眼里，竟是如此的有诗情画意，犹如窈窕淑女一般风光无限。

既然如此，只来一趟西溪自然是不够的。事实上，从叶绍翁诸多的诗作中，我们可以看到他曾一次又一次地亲近西溪、赏游西溪，并且用自己独特的诗歌语言来

西溪盛夏　蒋跃绘

讴歌西溪。

他来西溪赏梅，看到月色下的梅花和雪中傲梅各有韵味，河渚边的梅花与山坞里的梅花也是各具风采，便赋诗《赏梅》一首：

梅花宜雪犹宜月，水畔山边更自奇。
十四字传和靖后，又传君际五言诗。

他到西溪看鸟，只见那木排田上站立着姿态优美的鹭鸟，几次被路过的船只惊飞起来，又赋诗《鹭》一首：

无事时来立葑田，几回惊去为归船。
霜姿不特他人爱，照影沧波亦自怜。

他吟诵着自己的诗作《烟村》，徜徉在西溪无边无际的烟雨之中：

隐隐烟村闻犬吠，欲寻寻不见人家。
只于桥断溪回处，流出碧桃三数花。

他前往西溪洞霄宫参拜，被大涤山的景色深深沉醉，又以山名为题，欣然写下了一首《大涤山》：

倦身只欲卧林丘，羽客知心解款留。
泉溜涓涓中夜雨，天风凛凛四时秋。
虎岩月淡迷仙路，龙洞云深透别州。
九锁青山元不锁，碧桃开后更来游。

这就是叶绍翁，不恋红尘，只爱自然；不慕市井，只爱田园。也许他的物质生活是清苦的，但他的精神世界却永远是那么的丰富。

共怜祭酒风流在

冬雪纷纷扬扬飘洒下来，落在草木依旧青葱苍翠的西溪大地上，仿佛为这片静幽的水泽之地披上了一层洁白的素装。在安乐山脚永兴寺旁的西溪草堂内，一位年过半百的倜傥男子，正满怀柔情地凝望着堂前院中两株傲雪盛开的梅花。

对于四百多年前的西溪来说，冬雪并不是什么稀罕事儿，所以面对着皑皑白雪，这位名叫冯梦祯的男人并没有流露出少见多怪的样子，倒是那两株由他亲手栽种的梅花，那满树的粉黛，那满庭的芳馥，令这个男人情不自禁地洋溢出了满脸的喜色。

确实，这两株梅花并非等闲之品，这从它们的枝梗和花萼色泽上便可见端倪。通常我们见到的梅花，枝干都是灰绿色的，花萼多是红褐色的。而四百多年前栽种在西溪草堂内的这两株梅花，无论花萼还是枝干，都青绿青绿的，在皑皑白雪的映衬下，显得格外生机勃勃。没错，这就是梅中珍品绿萼梅。因其萼绿花白，枝干翠绿，而显出了格外雅洁、与众不同。

关于这种名贵的梅花，南宋名臣、文学家范成大曾

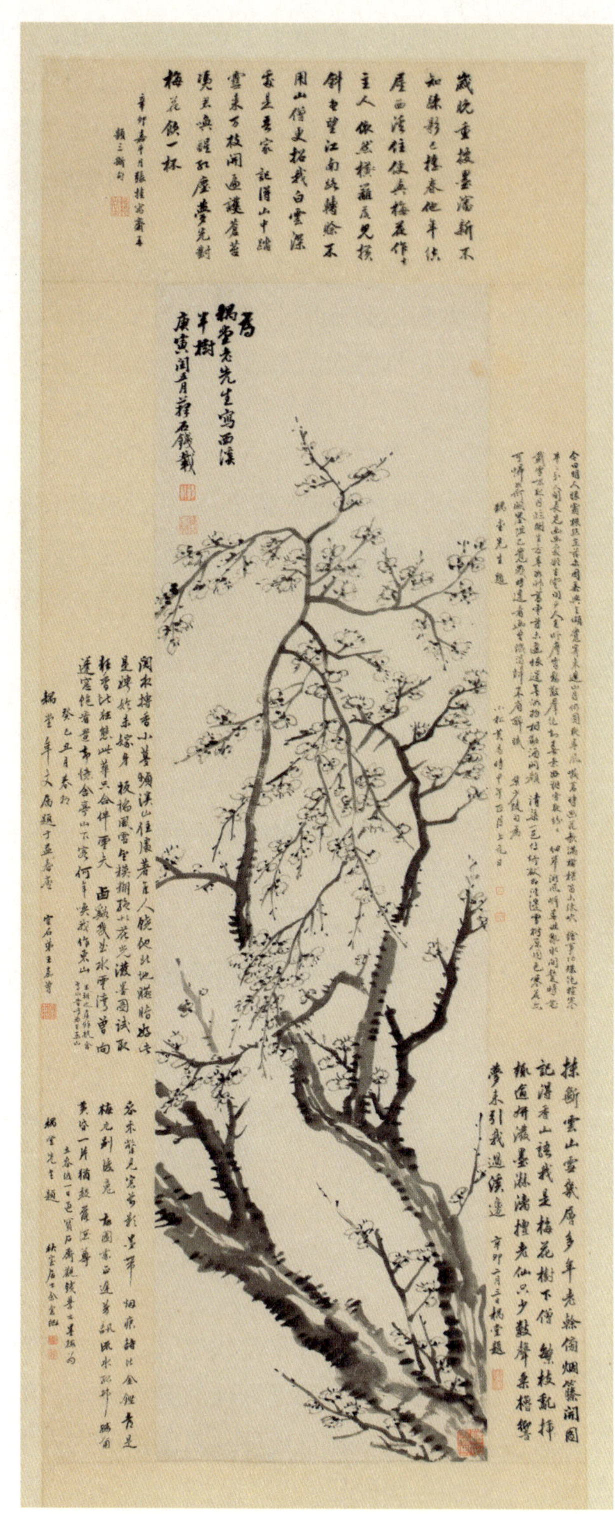

〔清〕钱载
《西溪半树图》

在他的《梅谱》中有这样的记述：“绿萼梅，凡梅花，跗蒂皆绛紫色，惟此纯绿。枝梗亦青，特为清高。好事者比之九疑仙人萼绿华。京师艮岳有萼绿华堂，其下专植此本。人间亦不多有，为时所贵重。”

拥有这种“人间亦不多有”的绿萼梅花的西溪草堂，本身就是晚明时期西溪范围内极具知名度的一处名人别业，其主人便是这位清新雅致的雪中赏花人冯梦祯。

冯梦祯，字开之，号具区，又号真实居士，明代诗人、著名的佛教居士。他在西溪安乐山下修建的这处别业，建筑精致、格调高雅，与西溪得天独厚的自然环境融合得天衣无缝，加之他性格旷达，广交朋友，因而吸引了四面八方的文朋好友。

锦上添花的是，因为有了这两株雅洁清高的绿萼梅，西溪草堂更是名声大噪，备受东南文人雅士的青睐与推赞，慕名来访者络绎不绝，诗文记颂者更是层出不穷。

这段风雅的历史，被清代诗人陈文述写进了一首名曰《题二雪庵冯祭酒手植绿萼梅》的小诗中：

永兴两梅树，祭酒所手植。
花开栴檀香，如入众香国。
分明萼绿华，双影暮云碧。

冯梦祯并不是钱塘人，其祖籍为江苏高邮，出生在浙江嘉兴，那他为什么会在晚年之际居留于杭州，筑庐于西溪呢？这还要从其硬朗的为人秉性和坎坷曲折的人生经历说起。

冯梦祯虽出生于家境颇为殷实的人家，其家还藏有王羲之的《快雪时晴帖》，但事实上其祖辈皆为手艺人，而非书香世家。不过，冯梦祯自小就勤奋好学、聪慧过人，其祖父在他六岁时便将他送入私塾读书，指望他长大后能成大器，光宗耀祖。

冯梦祯潜心苦读数载，果然不负众望。明嘉靖四十三年（1564），十六岁的冯梦祯一考即中，成为一名诸生。但是，命运之舟并非一帆风顺，其后的十余年间，他便接二连三地遭遇了连续落榜和早年丧妻之痛。面对命运的考验，生性豁达的冯梦祯并没有气馁，虽然生活已穷困潦倒，但他并不怨天尤人，而是加倍努力地勤奋苦读，为下一次赶考做准备。

皇天不负苦心人。明万历五年（1577），已届而立之年的冯梦祯第三次进京赶考，终于在会试中取得了第一的好成绩，最终位列丁丑科二甲第三名，被选为翰林院庶吉士。此时的冯梦祯，真可谓是大器晚成，苦尽甘来，扬眉吐气，前程似锦。

然而仕途多艰险，耿直忠坚的冯梦祯对此却显然是认识不足的。在他入翰林院还不到半年的时候，朝廷就爆发了“张居正夺情”事件。张居正是当时权倾朝野的当朝首辅。这年秋天，其父病故，按照当时的礼制，张居正必须离任回乡服丧守制二十七个月，待服丧期满再行补职，是为“丁忧”。当然也有例外，朝廷可根据工作需要，命其不必弃官去职，只要不着公服，素服治事即可，此谓“夺情”，意思就是为了国家社稷牺牲孝道私情。

张居正担心自己离职二十七个月，回来之后地位不保，且此时改革正处于关键时期，便不想回家奔丧守孝。

〔民国〕黄宾虹《西溪草堂图》

他自己不好明说，就暗中指使其他官员出面挽留。在这个过程中，大批官员不得不纷纷站队，头脑活络的，都出面挽留，而那些刚直不阿的，则坚持反对夺情。性情秉直、不会见风使舵的冯梦祯，自然就站到了反对夺情的行列之中。他不仅造访了张居正之子张嗣修，希望对方可以劝说自己的父亲放弃夺情，而且还毫不避嫌地前去为因反对夺情而被张居正远配戍边的好友邹元标送行。这些行为自然触怒了张居正，最后弄得自己也不得不在两年后的万历七年（1579）告病还乡。

直到三年之后，张居正病故，冯梦祯才又被朝廷重新召回，授翰林院编修。可是好景不长，又过了五年，在新的党派纷争中，个性要强的冯梦祯又得罪了当权者，结果被冠上“浮躁”之名而再次丢官。

———

正是这一年，刚届不惑之年的冯梦祯来到杭州，立即就被西湖动人的湖光山色深深吸引，决定在此退隐定居。

他在西湖的孤山之麓修筑了一处别墅，以家藏的《快雪时晴帖》为其命名为“快雪堂”。同时，他还购置了一艘画舫，按照书房的格局将画舫内部陈设布置起来，然后便在舟中持卷阅读，或邀三五好友品读雅聚。此举顿时成为杭城的一大风雅话题，惹得文人墨客们艳羡不已。后来，名士闻启祥还专门效仿冯梦祯的做法，也在湖中打造了一艘画舫，在船上尽享吟读之乐。这番腔调十足的雅事，被后世文人厉鹗栩栩如生地记录在了《游船录》之中。

居杭后的冯梦祯不仅留恋山水湖景，还醉心于佛学。他曾遍游京冀江浙等地的名山寺刹，广交名僧，通悟佛理，助缘佛事，捐资修复了许多废寺古刹。他与明代四大高僧之一的紫柏真可之间的交往更是被传为美谈。冯梦祯与紫柏真可年龄相仿，性格相投，佛教信仰和禅宗修持理念也十分一致，因而结下了深厚的情谊。在紫柏刊刻余杭径山寺《大藏经》、刊印《嘉兴藏》和楞严寺的兴复等事上，冯梦祯都鼎力相助、全程参与，起到了重要的推动作用。

万历二十一年（1593），本已放弃仕途的冯梦祯没想到竟被再度起用，而且短短几年便得到快速升迁。他先是被补广德州判官；之后又量移南行人司副，改尚宝司丞；再后升南京国子监司业，迁右春坊右谕德兼侍读，署南京翰林院，最后官至南京国子监祭酒。身为掌管大学之法和教学考试的官员，冯梦祯对有才华的年轻人呵护备至，提携有加，一时间美名传颂，引得四方才俊慕名而来。

然而，江山易改，秉性难移，冯梦祯的个性决定了他终究无法在仕途长久混迹的命运。万历二十六年（1598）八月，因遭到“无根蜚语”的中伤，使冯梦祯对官场完全丧失信心，加上自己的身体等原因，他决定保留自己的率真性情，移病去官，彻底隐退，不再复出。

———

从官场彻底解脱出来的冯梦祯，重新回到了他所钟爱的西湖山水间，继续潜心研究佛学禅修，并以更大的热情投身于礼佛助佛，很快就成为一名声誉远播的佛教居士。

当然，作为一名品性高雅的退隐文人，冯梦祯可以不当官，但对品质生活的追求却是毫不含糊的。事实上，

西溪上的渔船　蒋跃绘

他不仅是著名的佛教居士，还是一位名噪东南的“风雅教主”。由于在担任南京国子监祭酒的时候积累了良好的口碑，使得冯梦祯弟子门生众多，其中不少还成了名士，因此即便退隐江湖，仍有大批社会名流乐于与之结交，如汤显祖、董其昌、沈懋学、高濂、田艺蘅等当时的文人名士，皆是快雪堂的座上宾。

晚明的江南文人特别崇尚闲适生活，冯梦祯的身边之所以能够聚集起那么多的名流人士，固然得益于他旷达开朗的个性、疏朗通脱的文才，以及遍布天下的门生弟子，但风雅品质的生活态度，更是他吸引众人的魅力所在。如前文所述，他在孤山修筑的快雪堂，以及引领风尚的湖船画舫，都让他的退隐生活变得异常高雅、异常丰富。

当冯梦祯与官场彻底说再见之后，除了用心礼佛助佛，他的风雅生活也得到了更为极致的发挥。西溪草堂的建设，便是最具代表性的体现。

因慕西溪山水之幽胜，晚年的冯梦祯又在西溪安乐山脚下的坞口修筑了西溪草堂。草堂就在永兴寺附近，也足以说明他对佛教的特殊感情。

这是一栋两层的建筑，宽敞通达的厅堂，精工雕琢的檐廊，无不透露出一种低调的奢华。草堂的格局采用了当时大户人家的建筑格式，南为正房，西为辅房，后有书房，兼作礼佛室，功能布局都十分齐全。特别值得称道的是，整座草堂疏影草榭，溪流环绕，有竹有茶，泉水叮咚，环境无比清幽雅致。

可即便如此，追求极致风雅的冯梦祯仍觉不够，于是他又在堂前院内栽下了两株梅中绝品绿萼梅，顿时起到了画龙点睛的效果，使这座本来就已美不胜收的草堂，呈现出了“上有楼，可以凭眺。花时绿雪交柯，满庭芬馥，堪为韵士清赏”的绝妙景象。

———

西溪草堂是冯梦祯暮年最钟爱的修身养性之所，他在这里轻松愉快地读书礼佛，日子过得就像神仙一样快活。但是，这样的快活日子没过多久，一个艰难的抉择就降临到了冯梦祯的头上：永兴寺要扩建法华堂，初定的灵隐之西选址因故落空，只得另选他址。而西溪草堂位于永兴寺东南，正是理想之地。得知此讯，冯梦祯竟毫不犹豫地主动将自己苦心经营起来的占地十二亩的西溪草堂无偿捐赠出来，为永兴寺的复兴作出了极大的贡献。

万历三十三年（1605），冯梦祯因病逝世，享年58岁。后人感念其对西溪的深情厚谊，将他安葬在了永兴寺前安乐桥北的原西溪草堂之畔。虽然此时的西溪草堂早已不复存在，但冯梦祯当年亲手种下的两株绿萼梅，却仍在法华堂内争芳吐翠。

正因为有了这两株绿萼梅，在现实中已不复存在的西溪草堂，竟在文人墨客笔下得以永生，演绎出了诸多美妙的诗篇，留下了许多文坛佳话。

譬如，与冯梦祯同时代的西溪著名隐士洪瞻祖，有着和冯梦祯颇为相似的人生经历，他也曾做过翰林院庶吉士，最后也是辞官回乡隐居西溪。他在永兴寺观赏了绿萼梅后，欣然题写了一首意境深远的小诗《永兴寺观绿萼梅》，令人如嚼橄榄，回味无穷：

二十四番风始催，霜花对酒伴云堆。

绿珠弟子堪吹笛，放却春心度岭回。

又如，《西溪梵隐志》的作者吴本泰，也是一位对西溪作出很大贡献的著名隐士。他在赴永兴寺探梅之际，则是睹物思人，感叹冯梦祯的风雅一生，如今却是物是人非，因而写下了凄美的《永兴寺看梅》一诗：

石缝鸣泉泻竹溪，问梅支策过招提。
雪留东郭先生迹，花称孤山处士妻。
绿玉四垂侵幌冷，紫茸双本映檐齐。
可怜太史风流尽，惆怅遗芳落日凄。

当然也有令人津津乐道的风流趣事，比如相差三十六岁的老夫少妻钱谦益与柳如是在婚前相约西溪看绿萼梅的故事。

钱谦益是清初诗坛的盟主，又是东林党的领袖之一，官至礼部侍郎。他与一代名妓柳如是相识后，曾四次同游杭州。因柳如是非常喜欢西溪的景致，两人便专程赴永兴寺探访绿萼梅。其间，两人作诗唱和，尽显风雅。

钱谦益作诗《西溪永兴寺看绿萼梅有怀》云：

略彴缘溪一径斜，寒梅偏占老僧家。
共怜祭酒风流在，未惜看花道路赊。
绕树繁英团小阁，回舟玉雪漾晴沙。
道人未醒罗浮梦，正忆新妆萼绿华。

柳如是和诗《次韵永兴看梅见怀之作》一首，曰：

乡愁春思两攲斜，那得看梅不忆家。
折赠可怜疏影好，低回应惜薄寒赊。

穿帘小朵亭亭雪，瀁月流光细细沙。
欲向此中为阁道，与君坐卧领芳华。

飞扬的文采中抑制不住地流淌着羡煞旁人的浓情蜜意。这份风流雅意，倘若是冯梦祯见了，不知会是欣慰呢，还是艳羡？

芳华堪继美

春波荡漾的湖面上，一艘艘绣幔披垂、装饰华丽的画舫，在明媚的阳光下争奇斗艳、缓缓行进，那些画舫上的女子们个个衣着鲜亮、珠钗满髻，脸上都是一派气定神闲的样子，仿佛在无声地炫耀着一种莫名的自足。

好一幅雍容安祥的春景图啊！

忽然，一艘素面朝天，只挂着简洁的湘妃竹帘的小舫舟蓦然驶来。与众不同的是，那小舟上竟隐约地回荡着阵阵吟诵之声，让人不禁心旌摇曳。

听到这柔婉的吟诵声，正在画舫上暗自较劲的美女们一个个都变得不淡定了。她们下意识地伸长了脖子，向那艘似乎并不怎么起眼的小船张望起来，眼神中情不自禁地流露出了羡慕与赞叹，刚才的那股子嘚瑟劲儿早已荡然无存。

小舫舟上是几位衣着朴素的女子，但见她们头梳极简椎髻，身着白色绢裙，正在派笔分笺，题词作诗呢。

春日的湖上，天气就跟小孩儿的脸似的阴晴不定。

西溪渔人 蒋跃绘

刚刚还阳光灿烂的天空，突然飘来大片乌云，转眼间，细细的雨丝就随着春风扑面飘来。那些锦衣丽妆的画舫美女们纷纷躲入舫棚之中。而简妆小舫舟上的素衣女子们，反倒一个个都更加兴奋起来。

不一会儿，又有一位才思敏捷的女子，手持素笺，迎着风雨朗声念诵起来：

堤柳依人，湘帘画舫明湖泛。桃花开遍，共试春衫练。　　雨丝风片，暗扑游人面。春方半，韶华荏苒，分付莺和燕。

原来，这就是清初名动江南的女子诗社——“蕉园诗社”的几位骨干成员，她们正在参加诗社组织的一次春游笔会活动。而这位当众朗诵作品的才女，便是诗社的重要骨干之一柴静仪，她的这首《点绛唇·六桥舫集，同林亚清、钱云仪、顾重楣、启姬、冯又令、李端明诸闺友》，真实地记录了蕉园诗社的姐妹们相邀泛舟西湖的生动场景。

———

说起蕉园诗社，就不得不先提一提当时的社会环境。

明末清初，江南地区的文人结社活动非常盛行，可谓是诗社林立，吟风极盛。但囿于封建传统的制约，参与诗社活动的基本都是男性文人，许多富有才华的女子虽然作品不断，但却羞于抛头露面，只能在闺阁中创作诗词，与人交流的机会甚少。

当时，西溪出了一位有名的女诗人，名叫顾之琼。她特别擅长诗文骈体，著有《亦政堂集》，在文友间传播甚广，但起先大家对她也都只闻其声，不见其人。

顾之琼的丈夫是翰林院检讨钱开宗，曾官至赞善。夫妻俩育有三子二女，两个儿子钱元修、钱肇修都考上了进士，最小的儿子钱来修和两个女儿钱静婉、钱凤纶也都是文才卓然，可谓是名副其实的书香门第。

顾之琼性格活跃，富有个性，而且组织能力也很强。随着诗名的日渐扩大，她不再满足于那种传统的一家一户自我娱乐的唱和方式，看到当时各种诗社十分兴盛，她便萌发了组织一个女子诗社的念头，希望能聚集一班同好进行切磋交流。

顾之琼首先想到了一个人，那就是她的儿媳林以宁。林以宁，字亚清，是顾之琼次子、江南道监察御史钱肇修的妻子。林以宁也是一位才华横溢的奇女子，她不仅工诗词，擅绘画，以画梅著称，而且还精通戏曲传奇的创作，著有《凤箫楼集》和《墨庄诗钞》二卷。而最让顾之琼欣赏的是，这个儿媳妇脑筋转得快，点子多，且向来敢作敢当，因此在性格上特别投缘。

顾之琼把成立女子诗社的想法告诉了林以宁，当即得到了儿媳妇的热烈响应。林以宁甚至还兴奋地提出建议，要么不干，要干就干出声势来，干脆起草一份招募社员的启事，广发乡邻，昭告天下，轰轰烈烈地把女子诗社成立起来。

林以宁的建议当然很让顾之琼心动，但她毕竟年长，顾虑多，考虑到丈夫还在翰林院供职，作为妻子，言行也不宜太过张扬。于是，她对儿媳妇说，启事可以发，但步子不宜太大，还是以稳妥为上，先在亲朋好友中物色喜爱并且擅长诗词的女眷和闺蜜结社为好，待以后时

徐乃昌辑《小檀栾室汇刻闺秀词》所载徐灿《拙政园诗余》书影

机成熟，再行扩大也不迟。

——

按照顾之琼的思路，钱凤纶、柴静仪、朱柔则、徐灿等四位沾亲带故的女诗人首先浮出了水面。

钱凤纶，字云仪，顾之琼的女儿。她天资聪颖，从小接受母亲教诲，精通文墨，学力尤充，能嗣家学，著有《古香楼集》四卷等。

柴静仪，字季娴（季畹），顾之琼的闺蜜。她多才多艺，工书画，能鼓琴，又善诗词，与其姐柴贞仪并擅诗名，著有《北堂春草》《凝香室诗钞》。

朱柔则，字顺成，号道珠，柴静仪的媳妇。她能诗工画，为人贤惠，著有《嗣音轩诗钞》《绣帙余吟》。

徐灿，字湘蘋，江苏吴县人，是蕉园诗社首批成员中唯一的非杭州本地人。她也是清初著名女词人，诗词兼擅，著有《拙政园诗集》（二卷）、《拙政园诗余》。因其丈夫陈之遴与顾之琼先生钱开宗有通家之好，故应邀加盟诗社。

几位女诗人在顾之琼的召集下结成诗社，并以翠绿清新的“蕉园”为名，发表了《蕉园诗社启》。从此，我国古代第一个有启事、有组织的女性文学团体就在西溪的蒹葭秀水之畔诞生了。林以宁和四位女诗人一道，被称为“蕉园五子”。

诗社成立后，顾之琼携“蕉园五子”定期召开诗词创作和讨论会，通过拈韵选题分别创作，然后相互切磋交流，吟赏梅月之风，以添妆台逸兴之情，每每吟咏到黄昏才散场。每到春秋佳日，她们还会雇舟巡游，纵情诗话，从西湖到西溪，处处留下了她们浪漫的足迹和动人的诗篇。

当然，西溪是诗社活动最为频繁的地方，因为诗社成员的家，基本都在西溪。正如钱凤纶在一首《浣溪沙·偶题》中所写的：

> 渌水萦回石径斜，绕溪一带种梅花，万花深处是侬家。　　自写闲情依翠竹，爱看清影浣春纱，小庭风静稳栖鸦。

———

然而，天有不测风云。就在蕉园诗社的才女们赋诗作词、怡然唱和的时候，诗社发起人顾之琼家却横遭厄运，出了大事！

事情还要从清顺治十四年（1657）在南京江南贡院举行的江南乡试说起。当时，这届科考的主考官是严州人方猷，副考官就是顾之琼的丈夫钱开宗。在任命他俩为主、副考官之时，顺治皇帝还当面警示过他们，一定要敬慎秉公，倘所行不正，决不轻恕。谁知放榜以后，众多落第考生发现，不少上榜者都是通过贿赂考官而中举的。顿时，舆论哗然，一些落第考生甚至拦住考官当场怒骂，酿成了影响恶劣的群体事件。消息传到京都，闹得满城风雨，令顺治皇帝大为震怒。

而这时，给事中阴应节又上本参奏江南主考等弊窦多端，请提究严讯。顺治皇帝于是下令，将所有中举考生押解京城，由他在中南海瀛台亲自重试。在戒备森严

西溪的冬天　蒋跃绘

的考场中，顺治皇帝以春雨诗五十韵命题，要求考生当场作答。面对持刀监视的军校，考生们战战兢兢地提交了答卷，结果只有一位考生三试皆优，准许参加当年殿试，剩下的有七十四人准许参加下科会试，另有二十四人罚停会试，二十四人因文理不通被革去举人。

最终，不仅那届江南乡试的主考官方猷、副考官钱开宗以及叶楚槐等十八名考官全被朝廷正法，而且还连累了他们的家庭全部遭殃。按照御批的“妻子家产籍没入官”处罚，钱家上下主仆二百余人均被押解到北京，准备赏给旗人为奴。

为官须慎独。古往今来，多少原本美满幸福、受人敬重的家庭，皆因为官者失去自持，最终走上贪腐之路，弄得家破人散，教训实在深刻啊！而一个好端端的“蕉园诗社”，也因为钱开宗参与舞弊受贿，就这样骤然中断了。

———

钱氏母女被押赴京后，对江南女子蕉园诗社早有所闻的刑部官员并未为难她们，而是在职权允许的范围内网开一面，将她们释放回了老家。这对顾之琼一家来说，真可谓是不幸中的万幸。

然而，物是人非，当家产已被悉数没收的顾之琼一家重新回到西溪，却已是无家可归。无奈之下，她们只能投奔到五常的姑母钱氏家暂住。

经此变故，曾经活泼开朗、才情纵横的顾之琼变得郁郁寡欢，身体也每况愈下。但是，在她的心中，有一件事却始终惦念不忘，那就是恢复业已解散的蕉园诗社。

她把儿媳林以宁唤至跟前，叮咛道："人穷不能志短，钱家虽已钱财丧尽，但我们还有满腔的诗文才情，决不能让生活的困顿磨灭了我们的诗意。怎奈如今我已体弱多病，心有余而力不足，恢复诗社的重任就只有交给你了。"

此时的林以宁，心中也想着恢复蕉园诗社的事儿，正打算找个机会跟婆婆提一提此事。听了顾之琼的嘱托，林以宁不禁热泪盈眶，当即表示一定会尽全力重振"蕉园诗社"之名，并且将诗社发扬光大。

生活重新安定下来后，林以宁便开始着手复社之事，可当她重新联络诗社那几位老成员的时候，发现朱柔则和徐灿已不在杭州。于是，她就与另两位老社员柴静仪和钱凤纶商量，干脆扩大诗社范围，邀请一些志同道合的乡邻同好加入。

蕉园诗社即将重振旗鼓的消息不胫而走，顿时吸引了众多文人墨客尤其是女性诗人的热切关注。听说这一次的诗社成员，不再局限于钱家的至亲好友，一时间，从西溪到整个钱塘的才女们都心神向往、跃跃欲试。最终，冯娴、张昊、毛媞等三位与钱家非亲非故的杭州女诗人，加上林以宁的嫂子顾姒等四人正式加入诗社，与林以宁、柴静仪、钱凤纶等三位老社员一起，组成了新的"蕉园七子"。

从此，蕉园诗社不再带有明显的家庭吟乐痕迹，而是以乡里地域为特点，组成了新的诗歌创作群体。她们不仅吟诗作词，还焚香操琴、泼墨作画，而且所作诗词的主题与内涵也更为拓展。

在诗社活动期间，这帮才女们还纷纷给自己取了既风雅别致，又相互呼应的别号，如林以宁的"凤箫楼"、

古香樓詞　　仁和錢鳳綸雲儀譔

憶王孫

與顧仲楣對奕

青梅如豆又春殘燕啄飛花到畫闌午夢初回清晝閒
爇沉檀紅子輕敲賭鳳團

柳枝

雨後海棠

空堦冷雨膩脂減芳姿終宵不斷淚千絲爲誰癡　却
倩纖幃新睡足欹紅玉一腔幽恨沒人知可憐時

憑倚闌令

哭柔嘉姊

古香樓詞　一　小檀欒室

凭欄久覓芳踪思無窮記得玉鈎微步處印殘紅　小
園花醉春濃香馥馥帶惹春風悔殺從前歡讌處總忩
忩

浣溪沙

偶題

溪水縈回石徑斜繞溪一帶種梅花萬花深處是儂家
自寫閒情依翠竹愛看清影浣春紗小庭風靜穩棲
鴉

菩薩蠻

早春湖頭掃墓

徐乃昌辑《小檀栾室汇刻闺秀词》所载钱凤纶《古香楼集》书影

钱凤纶的“古香楼”、冯娴的“湘灵楼”等。她们还以自己的别号为名，分别将作品辑成了《凤箫楼集》《古香楼集》《湘灵楼集》等诗集，为后人留下了宝贵的精神财富。

——

那一日，林以宁又与钱凤纶相偕留宿河渚观梅，面对河渚旧景，姑嫂俩不禁触景生情，想起了几年前已经故世的母亲顾之琼。

绵绵的思念，犹如那蜿蜒的西溪之水，刹那间在林以宁的笔尖肆意流淌，涓涓然汇成了一首情真意切的长诗《酬云仪河渚观梅见忆之作》（节选）：

今岁花发时，闻君泛清沚。
愧我百忧集，何能步芳趾。
遥知周览处，新诗丽如绮。
景物以人转，芳华堪继美。

是啊，景物以人转，芳华堪继美。这不正是蕉园诗社坎坷命运的生动写照吗？从顺治年间这个女子诗社在西溪诞生起，这些坚守情怀的诗人才女们就一直长驻溪畔，笔耕不辍、唱咏不断，整整历时四十余年，直至康熙年间，为世人留下了一大批浪漫深情、美轮美奂的诗词篇章。她们的欢声笑语、浅吟低唱，也仿佛已经印刻在了西溪的山水之间，为西溪文化平添了一抹神奇而动人的亮色。而顾之琼和林以宁婆媳俩为了坚持追求心中高雅的浪漫诗意，前赴后继创办蕉园诗社的风雅之举，更是令后人在唏嘘赞叹之余，平添了一份由衷的敬意。

一曲溪流一曲烟

芦锥几顷界为田，一曲溪流一曲烟。
记取飞尘难到处，矮梅下系庳蓬船。

经幢宛在水中央，春早浑疑水亦香。
白发老僧无一事，斋余分供与鱼王。

当清代著名诗人厉鹗乘着小船，从西溪河渚的盈盈碧波间缓缓经过的时候，面对着烟波浩渺的溪流与青芽初绽的蒹葭，这位酷爱游山玩水的钱塘才子禁不住诗兴勃发，欣然写下了这二首意境美妙的《泛舟河渚过曲水、秋雪诸庵》小诗。当时的他或许根本没有想到，这句清幽绝尘的“一曲溪流一曲烟”，竟会在后世口口相传，流芳百世，被大家公认为西溪诗词中的一道最美风景。

其实也不足为怪。如此精绝冷艳的诗句，要说是旁人之作，反倒令人生疑。而出自厉鹗笔下，却是顺理成章的。这位曾经主盟大江南北诗坛数十年的浙西词派中坚人物，对大自然的山水尤为热衷，其诗词创作几乎可以说是“十诗九山水”。而且厉鹗不仅热爱自然，向往野逸，更长于由景物引发思古幽情和超脱现实的遐想。他推崇幽隽清绮、婉约淡冷的艺术风格，追求清高志性、

〔清〕佚名《西湖风景图册之西溪探梅》

不流俗态的作品蕴意，因此其诗词作品每每怀古咏物、格调清远，最能触动人心的深处。

倘若用世俗的眼光来考量厉鹗的一生，几乎是可以用“穷困潦倒”四个字来形容的。但是，站在文学成就和精神富足的角度来看厉鹗的一生，又显然是令芸芸众生望尘莫及的。

——

厉鹗的童年并不幸福，甚至可以说是对他以后留有阴影的。他出身于一个布衣之家，先世系从浙江慈溪迁来钱塘的。因年少丧父，其家境极为贫寒，全家仅靠长兄厉士泰一人售卖烟叶为生。迫于生活的压力，其兄一度曾将厉鹗送去寺庙，想让他出家当和尚，以求温饱。但是，厉鹗从小好学，且善于苦中作乐，对于出家为僧极为抵触。在他的一再坚持下，其兄最终只得放弃让他出家的念头。

小小的抗争虽然最后以胜利告终，但却在厉鹗的内心深处留下了难以磨灭的记忆，在其性格中埋下了隐逸避世的种子，对其之后的人生产生了不可避免的影响。他性情孤僻，不善与人交际，却特别钟爱游山玩水，每每只有把自己的身心完全沉浸在大自然中，才能寻得一份安宁与满足。

俗话说：上天在关上一扇门的同时，一定会为你打开另一扇窗。厉鹗在不幸的童年中虽然形成了内向孤僻的性格，但正是那敏感而丰富的内心世界，激发了他旺盛的求知欲。他勤奋苦读，广为涉猎群书，并且善于将书本上学到的知识运用于自己的诗词创作之中，小小年纪便展现出了过人的诗情才华，创作出了不少令人称道的诗词佳句。

清康熙年间，尚不满二十岁的厉鹗因常跟随同乡杭可庵出游，遂将其视作先生。杭可庵有一个儿子杭世骏，也是天资聪颖，十分勤奋好学。厉鹗虽然性格内向，但与杭世骏却极为投缘，两人因此结为密友，常在一起切磋诗艺、交流心得。

那段时间，厉鹗与杭氏父子结伴出游，每遇一处胜景，就会心生感怀，流连忘返，诗意勃发，下笔如神。在大自然的熏陶下，他很快成长为一名创作力十分旺盛的年轻诗人。康熙四十九年（1710），厉鹗开始创作《游仙百咏》，随后又续写了《续游仙百咏》和《再续游仙百咏》，这些清新飘逸的诗作很快在文友中传诵开来，厉鹗的诗名由此开始叫响。

康熙五十三年（1714），钱塘人汪舍亭慕名盛邀厉鹗前往他的听雨楼做客，并当场聘请厉鹗担任其子汪浦、汪沆的家庭教师。在汪家，初为人师的厉鹗受到了前所未有的礼遇，他因此备感欣慰，认真传道授业，极尽教师之责。经过厉鹗的悉心教导，汪家二子的学业大有长进。尤其是汪沆，年纪轻轻便考上了诸生，最后成为著名的学者和藏书家。

——

那些年，算是厉鹗一生中最为舒心和风光的日子了。在汪家整整当了五年的家庭教师后，大家见厉鹗才华横溢，纷纷劝他考取功名走仕途。于是，他便在康熙五十九年（1720）参加了乡试。

在那次乡试中，厉鹗的试卷果然得到了考官李绂的

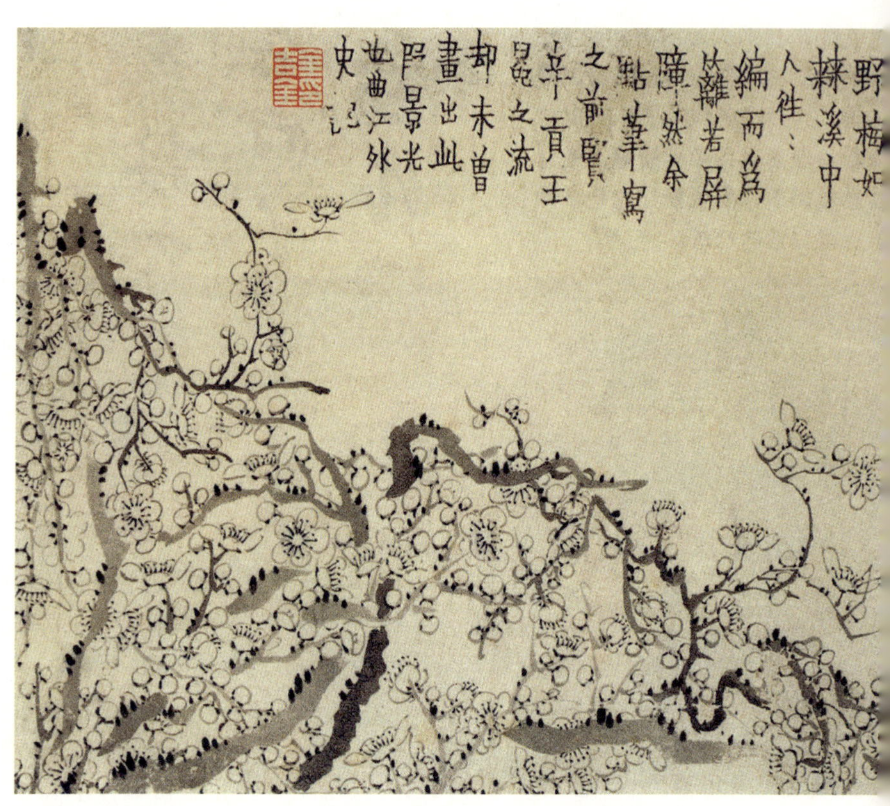

〔清〕金农《西溪野梅图》

高度赏识。读了厉鹗撰写的谢表，李绂感叹道："这位考生一定是个诗人！"并且当场予以录取。

中举后的厉鹗，随即按要求赶赴京城参加会试。此时的他真可谓是春风得意，前途一片光明。然而，与其他进京赶考的举人不同的是，厉鹗的心态十分轻松，对游览沿途风光的兴趣似乎远远超过了考取功名的欲望。他一路观光一路作诗，短短几天竟写下了十多首诗词。

当时，主管考试的吏部侍郎汤右曾对厉鹗的诗词颇为赏识，考试一结束，他就专门派人前去邀请厉鹗，还收拾了房间，准备设宴款待这位才华横溢的诗人考生。然而，面对这种巴结考官的绝好机会，生性孤僻的厉鹗竟然选择了不辞而别。

主动放弃功名的厉鹗回到钱塘后，以更大的热情投入到了登山涉水，吟咏自然风光之中。他曾一度频繁往来于钱塘和扬州之间，靠坐馆和朋友的接济来维持他自由散漫的生活。

在山水草木间寻找人生乐趣的过程中，他发现了家乡有一处近在咫尺的世外桃源，那就是烟水茫茫、蒹葭苍苍的西溪。于是，他开始筑居西溪，深入探访这片幽野之地中的每一处景致，并用他那清雅绝冷、文采飞扬的诗句，尽情描绘着西溪的每一个动人场景。

秋雪庵是厉鹗最为钟情的心灵放飞之处，他曾反复多次创作过《秋雪庵》《重过秋雪庵》《晚过秋雪庵》等诸多以此景为题的诗作。那种爱之切切的特殊情感，在这首《重过秋雪庵》中表现得尤为淋漓尽致：

鱼国开双林，我游不厌屡。

柳界护生堤，尽除网罟惧。
登楼展四瞩，惟有舟是路。
群山远在南，如让水回互。
同行兴弥深，蒹葭待秋素。
欲验溪僧言，孤桨荡寒兔。

流连于幽冷清妙的西溪花坞和梵音袅袅的法华山，厉鹗又兴笔写下诗作《花坞二首》：

法华山西山翠深，松篁蒙密自成阴。
团瓢更在云深处，惟有樵风引磬音。

白练鸟从深竹飞，春泉净绿上人衣。
分明孟尉投金濑，吟到日斜犹未归。

尽管厉鹗主动放弃了功名，但是他的诗名却由此更加广为传播，还因此吸引了很多官宦名士前来与其交游。原本性格内向的他，于是就拥有了像金农、丁敬、全祖望、周京、金志章、符曾、程鸣这样的一大批知名文友。他们在西溪结伴相游，写意丹青，唱和诗词，留下了许多传世的诗篇和画作。这种怡然景象，在厉鹗的诗作《古荡舟中同大宗圣记江皋探梅作》中便有生动的描述：

小船如瓜皮，可坐兼可眠。
春山随我行，淡翠何绵联。
竹外一鸡唱，风气太古前。
摇摇四诗人，漾入梅花烟。

厉鹗的后半生一直驻留在西溪，并为西溪创作了大量美妙的诗歌。仅在他的著作《樊榭山房集》和《樊榭山房集续集》中，收录的西溪题咏诗便有上百首之多，是历代西溪诗词创作中首屈一指的文人。

——

筑居西溪后的厉鹗，不仅在这片世外桃源般的幽野之地找到了心灵的宁静，而且也邂逅了他一生中的最爱。

清雍正十三年（1735），四十三岁的厉鹗赴苕溪鲍氏楼做客，偶遇芳龄十七的朱满娘，两人一见钟情，顿时擦出了爱的火花。当年中秋，厉鹗在碧浪湖口将朱满娘迎娶回家。

从此，这对生活清贫但却情投意合的老夫少妻，在西溪的月夜中深情对望，在无边的烟水中携手泛舟，尽情地享受着甜蜜的二人世界。

但是，再美妙的爱情也离不开面包的支撑。仅仅过了一年，他们的生活便有些难以为继，为维持日常生计，没有任何收入的厉鹗不得不开始变卖自己的藏书。在这个窘迫的时候，正值浙江巡抚程元章举荐十八人参加博学鸿词的考试，厉鹗亦列名其中。尽管他本无宦情，但为了奉老养家，便在好友的劝告下再次赴京。以厉鹗的才华，大家都认为是出类拔萃的，中试自然不在话下。但令人大跌眼镜的是，厉鹗竟在考试中犯了一个极其低级的错误，将《论》写在了《诗》前，最终因格式不符规定而落榜。

遭此意外后，本无心为官的厉鹗索性彻底放弃了改变命运的努力，淡然回到西溪，继续过他那物质贫乏但精神富足的日子。

但现实竟是那样的无情，即便厉鹗做好了甘愿清苦的思想准备，命运仍不愿放弃对他的残酷打击。暮年的他饱受足软、耳鸣等疾病的折磨，甚至还被住房问题所困扰。而雪上加霜的是，他的爱妾朱满娘又在这时候病倒了。为了给满娘治病，实在无路可走的厉鹗不得不典卖衣物。他的《典衣》一诗，就是他当时窘迫的经济状况和苦闷的内心世界的真实写照：

青镜流年始觉衰，今年避债更无台。
可知子敬家中物，新付长生库里来。
半为闺人偿药券，不愁老子乏诗材。
敝裘无恙还留在，好待春温腊底回。

然而，命运最终还是无情地夺走了朱满娘年轻的生命。乾隆七年（1742）正月，满娘病逝。伤心欲绝的厉鹗面对苍天，写下了缠绵宛转、感人肺腑的《悼亡组诗》（节选）：

无端风信到梅边，谁道蛾眉不复全。
双桨来时人似玉，一奁空去月如烟。
第三自比青溪妹，最小相逢白石仙。
十二碧阑重倚遍，那堪肠断数华年。

一场短梦七年过，往事分明触绪多。
搦管自称诗弟子，散花相伴病维摩。
半屏凉影颓低髻，幽径春风曳薄罗。
今日书堂觅行迹，不禁双鬓为伊皤。

除夕家筵已暗惊，春醪谁分不同倾？
衔悲忍死留三日，爱洁耽香了一生。
难忘年华柑尚剖，瞥过石火药空擎。
只余陆展星星发，费尽愁霜染得成。

怀着对朱满娘的无比思念，厉鹗贫困孤苦地走完了他的余生。乾隆十七年（1752），六十二岁的厉鹗在贫

湿地盛夏 蒋跃绘

病中离世，同时留给后人的，是其暮年所撰的《宋诗纪事》（一百卷）和《辽史拾遗》（二十四卷）两部巨著。这两部力作广受时人好评，使后人对厉鹗身处困顿仍专注学问的卓然境界敬仰有加。

由于厉鹗生前特别钟爱西溪，亲友们便将其安葬于西溪王家坞。从此，掩隐在西溪繁花翠木间的厉鹗墓，就成了历代文人频繁探访谒拜，并留诗纪念的一个地方。清代诗人陈文述的《厉樊榭墓》一诗，便是其中的代表之作：

西溪多古墓，著者樊榭翁。
苕姬亦埋玉，芳魂翩惊鸿。
苍藓满石碣，绣出山花红。

何期圣主一登临

那一天的西溪，定然是格外荣耀的，因为英明神武的治世明君康熙皇帝御驾亲临，来到了这里。

当时，正好是康熙第二次下江南之际。这一次南巡，他在杭州一共待了十天，而就在刚刚抵杭的第二天，也就是康熙二十九年（1690）的二月十日，他就迫不及待地到访了西溪。

康熙是在宠臣高士奇等人的陪同下，从位于杭州城内后市街附近的行宫出发，出涌金门，一路往西进入西溪的。关于当时的行程，高士奇在《二月十日，忆己巳年是日，扈跸西溪，过花源草堂，梅花盛放，今尚未吐，慨然有作》一诗中已作了颇为详尽的记述。该诗的起首几句这样写道：

前年二月春气温，玉舆晓出涌金门。
叨随龙舟荡兰楫，两峰雾散升朝暾。
松毛场西复揽辔，马蹄高下沿山村。

皇帝当时御行的路径已经交待得十分清楚了吧？接下来，这篇诗作又用不少笔墨记述了当时西溪的自然美景和沿途的民俗风情。这些风景民俗，就连见多识广的康熙帝看了也是赞不绝口。这位本来就挺爱显摆的风雅皇帝，当然不会放过这展露才华的好机会。于是，他就“辉煌睿藻题花源”，当场御制了清新脱俗的《西溪》五言诗一首：

十里清溪曲，修篁入望森。
暖催梅信早，水落草痕深。
俗藉渔为业，园饶笋作林。
民风爱淳朴，不厌一登临。

其实，康熙皇帝亲临西溪的主要目的，并不仅仅只是探梅赏景。他此行还有另外一个目的，就是要去高士奇的西溪山庄走一走，看一看。

御驾的华驺芝盖浩浩荡荡地从东岳庙出发，过太平桥后，就在野桥山路边停下了。大家换乘船舟，沿着曲折幽深的河渚行进，很快来到了环水而筑的西溪山庄。登楼眺望，但见四周水岸曲折，桑林密布，丛丛梅花在修篁烟翠间灿然盛放。那美妙绝伦的景色，将康熙的满腔诗意瞬间又撩拨起来。于是，一首《题西溪山庄，以“竹窗”二字书赐高士奇》的五言小诗便又欣欣然吟出：

花源路几重，柴桑出沃土。
烟翠竹窗幽，雪香梅岸古。

吟毕，康熙意犹未尽，便又命人备好笔纸，当场题写了“竹窗”二字，赐予爱臣高士奇。

这高士奇究竟是何方神圣，又有何德何能，竟让一朝天子专程前来探视，而且又是赋诗又是题字的，实在是太给面子了吧？

你还别说，这高士奇果真是个非比寻常的传奇人物。在人生的前二十几年，他还是个靠卖字为生，有了上顿却不知道下顿在哪里的穷小子。但是到了康熙十年（1671），二十六岁的高士奇忽然时来运转，成了大清皇帝康熙眼中的红人，过上了“身随翡翠丛中列，队入鹅黄带里行”的风光日子。

其实，任何看似偶然的奇迹，背后都有其必然的发展轨迹，高士奇人生境遇的神奇转变亦然。他之所以能在一夜之间深受康熙皇帝的赏识，彻底改变之前的贫寒落魄境况，与他超乎常人的勤勉努力是分不开的。

高士奇出生在浙江余姚的一个普通人家，顺治十八年（1661），十六岁的他才入籍钱塘，被补为杭州府学生员，成为一名杭州士子。十九岁那年，他跟着父亲北上京师游学，谁知尚未混出点名堂，父亲便客死京城，留下了刚成年不久的高士奇一人，孤苦伶仃地流落异乡。

〔清〕《西湖十八景图之西溪荡小舟》

〔清〕汪启淯《武林十二景之西溪》

幸运的是，高士奇虽然没有参加过科举考试，但他从小就兴趣广泛、喜好诗文，而且写得一手好字。凭着这点本事，他通过卖文鬻字，总算勉强在京师生存下来。

正所谓天无绝人之路。就在高士奇为生计艰难奔波，根本不敢奢想未来的时候，一个意想不到的机会降临了。因为某个机缘巧合，他的诗文书法才华、善解人意的性格和诚恳踏实的为人态度引起了某位贵人的关注。至于这位贵人是谁，不同的史料上说法不一，有说是深受康熙器重的大学士纳兰明珠的，也有说是辅佐康熙智擒鳌拜的权臣索额图的。反正不管是谁，最终的结果都是将高士奇推荐给了康熙皇帝。

我们都知道，康熙皇帝是一位爱好十分广泛、知识非常广博的君主，他一直希望能有一位知识渊博，可以随时进行交流的贴身秘书陪伴左右，好为自己评析书画、讲解释疑。而在推荐者看来，高士奇正是这样的一位合适人选。于是，这个身份卑微的小伙，就在康熙八年（1669）十分幸运地被推荐进了国立的最高学府——太学。

高士奇显然是一个非常懂得将命运把握在自己手中的人。他深知自己出身低微，而且没有考取过任何功名，要想成功就必须得加倍努力。因此，他特别注意察言观色，为人做事格外谨慎小心，工作学习也是特别全情投入。他的这番努力没有白费，初次觐见皇上，康熙皇帝就对他的理学文章大为欣赏，亲自破格赐给了他参加会试的资格。

高士奇也确实争气，并非科班出身的他，竟然在二试中连中第一，于是就顺理成章进入了翰林院的供奉之列，从此踏上了仕途。

两年后，高士奇正式进入国子监，专事供奉内廷，实际上就成了康熙皇帝的贴身秘书。一个穷小子的人生逆袭，就此拉开帷幕。

都说伴君如伴虎。古往今来，有多少忠心耿耿的朝臣，皆因稍微不慎，最后便落得个家破人亡的悲惨结局。心思机巧的高士奇，对此自然是心知肚明的。因此，在陪伴康熙皇帝左右之后，他就像是一个上足了发条的马达，不敢有丝毫的懈怠。

康熙皇帝是个求知欲十分旺盛的皇帝，他常年手不释卷，涉猎广泛，凡儒学经典、各派著作，乃至西方近代自然科学，几乎无所不涉。为了跟上皇帝的节奏，高士奇更是加倍学习，不断充实自己。在南书房侍奉皇帝期间，他每天早出晚归，即便加班到深夜回家，也总会先将第二天要给康熙讲解的知识重温数遍，直到烂熟于胸方才就寝。他甚至还会用钱财买通康熙皇帝的贴身小太监，详细了解皇上的工作和生活起居习惯，特别是皇上读了什么书，他都会问得清清楚楚。因此，不管康熙皇帝提出什么冷僻的问题，高士奇都能对答如流，极合圣意。为此，康熙皇帝曾高度评价说：“得高士奇，始引诗文正路。他常向我言，诗文各有朝代，一看便知，朕甚疑此言。今朕迩年，探讨家数，看诗文便能辨白时代，诗文亦自觉稍进，皆高士奇之功。”康熙还说：“朕初读书，内监授以四子本经，作时文；得士奇，始知学问门径。初见士奇得古人诗文，一览即知其时代，心以为异，未几，朕亦能之。士奇无战阵功，而朕待之厚，以其裨朕学问者大也。”

深得皇帝信赖的结果，自然是步步高升。从康熙

〔清〕王翚《康熙南巡图》（局部）

十七年（1678）起，高士奇先后被授为詹事府录事、中书舍人、翰林院侍讲、侍读、侍读学士、《大清一统志》副总裁官、《康熙御制诗集》校编、詹事府少詹事等职，还获赐御书“忠孝”、玺印“忠孝之家”，并数次随驾外巡和亲征，得到了极高的敬重和恩宠。

然而，随着地位的不断变化，埋藏在高士奇内心深处的人性贪婪的一面也开始膨胀起来。因为常替皇帝撰拟诏令谕旨，对朝廷大臣的升黜均有一定的影响力，前来行贿巴结的人便越来越多。于是，他开始与朝臣王鸿绪等人结党营私，大肆收受贿赂，造成了极坏的影响。康熙二十八年（1689），他们终于遭到了有“骨鲠大臣”之称的左都御史郭琇的严厉弹劾。

对于高士奇等人的贪赃行为，康熙皇帝其实早就看在眼里。但他知道，这位学识渊博、益师益友的贴身秘书，对于自己这位皇上始终是忠心不二的。因此，他有心庇护高士奇，却又不得不顾及朝臣的意见。最终，高士奇等人均被解职，回乡赋闲。这也算是顾及两方的最佳结果了。

不过，就在高士奇被解职回乡期间，康熙皇帝又开始了声势浩大的第二次南巡，专门来到杭州西溪，造访了高士奇的西溪山庄，还作诗题字赐赠，也算是给足了高士奇颜面。其竭力安抚爱臣的良苦用心可见一斑。

面对如此浩荡皇恩，高士奇自然是感恩不尽，其激动的心情，全都写在了《圣驾临幸西溪山庄赐五言诗并御书“竹窗”二字（二首）》中，其中一首曰：

渚水湾环路浅深，何期圣主一登临。
勾陈暂驻溪桥外，朗曜能回涧壑阴。

雪蕊烟梢光睿藻，竹窗梅屿洽宸襟。
恩辉振古真谁并，珉石难镌感激心。

一段原本颇为尴尬的经历，最后竟在西溪被这对惺惺相惜的君臣演绎成了相互唱和的风雅韵事，也真可谓是前无古人，后无来者了。

——

康熙皇帝对高士奇的特殊宠信当然不是盲目的。客观地说，除了学识渊博、工诗善书之外，高士奇身上的优良品质还是不少的。他刻苦好学，勤勉工作，善解人意，忠心不二，而且知错能改，本质还是不坏的。尽管他一度迷失过自我，但面对铁面御史的弹劾，他能够立即认识到自己的错误，主动向康熙认错辞官，说明他是一个懂得反省的人。

事实上，高士奇被解职回乡后，康熙皇帝对他还是念念不忘，不仅借南巡之机亲自探望，还差人送来珍贵人参，并且赏赐“忠孝节义”御匾和“忠为表，孝为里；言有物，行有恒”的御书，给了他极高的礼遇。甚至，康熙皇帝还将他官复原职，随后又擢升他为礼部侍郎。但面对皇上不离不弃的恩宠，高士奇始终保持了谦卑自律的态度。他不再留恋官场，更没有因皇上的继续恩宠而飘然自得。他深居乡里，孝敬母亲，谦和待人，约束全家，告诫子孙要安贫乐道，恪守祖训，奉公守法，端正为人。

人非圣贤，孰能无过。高士奇能够做到这样，也不枉康熙皇帝对他的格外宠信了。甚至，在半个世纪之后，他还得到了另一位大清皇帝乾隆的特别关注，也真算是前世修福，三生有幸了。

西溪小舟　蒋跃绘

乾隆是清代另一位极有作为的君主，他对祖父康熙格外尊崇，处处效仿，也曾六下江南。在乾隆十六年（1751）的首次南巡中，他曾特地来到西溪寻古探幽。

在西溪群山之间，乾隆皇帝骑马登上法华山巅，向东眺望繁华的西湖，回首俯瞰静幽的西溪，不禁发出喧寂有异境的叹喟。在西溪河渚深处，乾隆皇帝观看了原汁原味的西溪赛龙舟活动，欣然题写了“龙舟胜会”和“河渚龙舟竞渡”等御书。最后，他还慕名前往传说中高士奇建在西溪的别业山庄，看到这座曾被祖父康熙赋诗赞颂的美丽庄园，竟在短短几十年后便物是人非，荒芜一片，更是心生感慨，当下就御题《西溪》怀古诗一首：

意行跋玉骢，高陟法华顶。
西寻野溪幽，东眺明湖影。
竹径既曲折，烟村亦僻静。
梅英贴流水，松涛响峻岭。
高墅早颓废，张园复荒冷。
都无百年久，寂寥非昔境。
何怪指辇道，旧迹人莫省。

前后两位文治武功都有辉煌成就的大清皇帝，竟然为了一位有瑕疵的朝臣，先后在同一个地方赋诗感叹。如此稀有的风雅之事，可能也只有西溪才配当独享了。

放生成美俗

1921年的农历四月初八，西溪蒹葭深处忽然爆出了一件美名远扬的大善事。一位名叫周庆云的儒商，携夫人和诸多名流好友在秋雪庵举办了一场规模不小的放生会，一时间被传为美谈，引来数十位达官贵人、文人雅士为之赋诗作词，争相颂咏，使得这场原本相对有些私密的善举，俨然成为江南近代宗教和文化的一大雅会。

农历四月初八本就不是什么平常的日子，这一天是佛祖释迦牟尼的诞辰之日，因此被信徒们称为“浴佛日”。按照佛教的成俗，这天的佛教寺院内都会举行“浴佛”活动，旨在提醒人们观照内心是否清净，时刻保有一颗纯善之心。而在民间，许多佛教信徒则会在这一天举办放生活动，以祈消除宿业，培植善根，令万物皆能和谐共处。

至于周庆云为何要选在浴佛日这天举办这样的放生活动，并不仅仅是因为他本人也是一名笃信佛教的居士。个中的缘由，在《乌程周梦坡居士夫人诞期放生碑记》中记载得颇为详细。据这篇碑记介绍，周庆云别号梦坡，为南浔望族，其家族一贯乐善好施，世德相承。而在浴佛节放生这一美俗，则是缘起于他的祖母。

周庆云的祖母许太夫人秉性慈祥善良，可谓是福寿双全。从许太夫人六十岁那年起，每逢生日，她都会告诫子孙不要举办庆典活动，而是将本打算用作祝寿的费用，拿来做各种善事，比如济贫救难，抚恤寡妇与孩子，向穷人布施衣物及药品，等等。许太夫人的高尚德行，让乡邻们都非常敬仰。

许太夫人是一位虔诚的佛教信徒，在她七十九岁那年，这位即将跨入耄耋之年的老人，特地出资五百贯铜钱（相当于五百块银元或五十万文铜钱），在其家乡南浔发起了一场放生会。许太夫人的这一善举，被子孙后代以刻石的方式，世世代代铭记在了家庙之中。

转眼到了 1921 年，周庆云的德配夫人张氏也到了花甲之年。就在家里正打算为她筹备六十大寿庆祝活动之际，这位贤良淑德的张夫人与夫君周庆云商量起来。她说，祝寿仪式就不要搞了，她想仿效祖母许太夫人的善举，出资五百银元，在杭州西溪的秋雪庵举办放生会，以代祝寿之仪。这个传承家德的建议，自然得到了周庆云的全力支持，于是就有了这样一场被广为传颂的西溪放生活动。

关于此次放生会的背景情况，除了那篇《乌程周梦坡居士夫人诞期放生碑记》外，周庆云还亲自撰写过一首题目超长的诗，这个题目叫作《辛酉浴佛日，予偕室人至西溪秋雪庵，设续放生会。盖先王母许太夫人到登大耋，戒不举觞，斥钱五百缗为放生会于南浔。嘉善钟文烝记之，勒石家庙。今予室年届周甲，不举寿觞，亦斥钱为放生会，继承先志也。归舟复入花坞，憩眠云室，赋此纪之》，其实等于是又把那次放生会的前因后果交待了一遍。诗中这样写道：

棹入西溪西，芦苇风摇绿。

西溪秋韵
周才林绘

无雪蒙钓船，有山青即目。
著我两白头，点缀画一幅。
释迦今诞辰，放生成美俗。
佛生万物生，世界超极乐。
成规溯家风，随社亦堪续。[①]
香积味饱尝，余兴复遵陆。
梯云入花坞，岚翠遮万木。
林邃稀人踪，时闻幽鸟逐。
遥岑度疏钟，寺门藏修竹。
右拂而左披，真成筼筜谷。
净域佛不言，常伴闲云宿。
流水饮幽溪，欲涤尘万斛。[②]

原来，周庆云是为了满足夫人效仿祖母善举的愿望，而举办这场放生会的。但问题是，当时的周庆云早已迁居上海，而作为浙江南浔巨富的他，为什么不在上海或者南浔兴此善举，而要跑到杭州西溪来举办这样的放生会呢？

这就要从周庆云与西溪的特殊缘分说起了。

———

周庆云，字景星，号湘舲，祖籍为浙江余姚。他还有一个另外的别号，叫作梦坡，前面已有提及。

清朝乾隆年间，周庆云的曾祖辈靠经营蚕丝业发家，后迁居至当时浙江最为富庶的吴兴南浔镇，成为“南浔四大金刚”之一的著名丝商。其祖父周良苗和父亲周昌大都是既深谙经营之道，又能文善诗，且名重一时的儒商。

周庆云出身于如此富裕又有文化的家庭，从小就接

注云：明季，庵
遁社放生所。
注云：随侍小女
礼、延禄，重孙
达、世述，争汲
水饮之。

受了非常良好的教育。为了将子孙培养成才，周家聘请了金筱庭、桂琴甫、严珊枝三位举人出身的先生，专门负责教导周庆云和他的兄弟们，前后长达十四年之久。因此，周庆云十三岁就已读完“四书”“五经”，且能流利背诵。未及弱冠，他便精于吟诗作画、收藏书籍与文物，展现出了很高的文化修养。

清光绪七年（1881），年仅十七岁的周庆云考中秀才，后以附贡授永康县学教谕，例授直隶知州。但因父辈变故，他不得不弃文从商，继承父辈的丝业生意，往来于苏、杭、浔、沪之间，开始了读书兼习商贾的生涯。

谁知才过了三四年，欧美缫丝技术的革新对土丝业务造成极大冲击，致使周家的丝业生意几近破产。后来，在其岳丈张颂贤的提携下，周庆云转战盐业，终于获得成功，成为富甲一方的大盐商，还先后当选为苏五属（苏州、松江、太仓、常州、镇江）盐商公会和两浙盐业协会的会长。

虽然周庆云在商场上混得风生水起，是一位名声显赫的成功商人，但在骨子里，他始终都未曾改变风雅文人的名士之风。他身居市侩街井，却特别爱与有文才、有学问的文人艺术家交往，跟吴昌硕、沈涛园、朱古澄、王承治等艺术巨匠和国学大师都有着密切的往来。平时常利用闲暇之余研究文史文物、书画收藏，还热衷于吟诗作画、著书立说。

清光绪十七年（1891），周庆云将他的主要业务从上海迁到了杭州。他在杭州整整待了二十一年，直到清宣统三年（1911）武昌起义爆发，浙江宣告独立后，他才从杭州重新迁回上海。在杭州生活与工作的这些年间，他放意山水，涤荡精神，并由此与西溪结下了不解之缘。

西溪之晨　蒋跃绘

他经常利用闲暇之余，与好友相约西溪，在清幽的河渚上泛舟，在如雪的蒹葭中吟唱，尽情体会美妙西溪带给人们的那份超凡脱俗的恬静。

在整个西溪中，最吸引周庆云的无疑就是秋雪庵附近的风景了。尤其是深秋时节，这里的芦田漫天盛放，秋水一泓，皑白似雪，乘着乌篷小船穿行其间，就好比神仙一般，所有的尘世烦恼全都烟消云散了。文采斐然的周庆云，在与太虚法师同游西溪时，就曾以一首《约楚泉太虚率孙世达游西溪次太虚韵》小诗来记录当时的独特心境：

盟心清似在山泉，一镜摇光饮渌鲜。
稍喜小同能肃客，相逢佛印许参禅。
前游倚雪乌篷底，余兴穿云鹫岭巅。
到此应无烦恼障，弦诗读画即神仙。

当然，除了自然美景，西溪深厚的人文历史更是引发了周庆云极大的兴趣。每次游历西溪，他都会专程探访那些深藏在碧翠烟水之间的庙庵寺院，悉心研读相关的历史文献资料，对西溪的历史和文化作了深入的调查与研究。

与那些附庸风雅的商贾富家截然不同的是，周庆云对风雅与文化的追求，决不是为了给自己贴金点缀，而是真正发自内心的喜爱。因此，尽管他的经营业务非常繁忙，却仍能自觉潜心于学问研究，并且撰写了大量著作。比如，在研究了西溪的历史文化之后，他便仿照吴本泰的《西溪梵隐志》体例，按形胜、建制、人物和艺文四卷，编写了《西溪秋雪庵志》一书，为后人研究明清至民国时期的西溪名胜风物历史再添了一部翔实的史料。

周庆云对西溪的贡献可不仅仅局限于吟诗作词、撰写志书，他还出资出力重修秋雪庵、增设两浙词人祠堂，完全称得上是西溪文化建设的一大功臣。当年他在游览秋雪庵后，一方面为周边清幽的环境深深陶醉，写下了动人的诗篇；另一方面也为秋雪庵的年久失修、人气惨淡而痛惜不已。因此，他曾暗暗发下心愿，一定要寻找机会，对这座已有数百年历史的古庙庵进行重新修缮，以重振秋雪庵当年的雄风。

机会在 1918 年的某一天不期而至了。

当时的西溪秋雪庵早已不复初建时的盛况，已是破败不堪，摇摇欲坠，以至于住持僧明圆也萌生去意。周庆云获悉，赶紧前往接洽，最终以二百金的价格将秋雪庵成功买下。

在此之前，周庆云已在西湖之西的灵峰山下费时费资修葺了灵峰寺，并在那里补种了数百株梅花，增设了补梅庵、掬月泉、来鹤亭、庋经室等景点，使之成为了杭州的一处探梅胜地。买下秋雪庵后，周庆云将它归为灵峰寺的下院，并且广邀亲朋好友一起出力，开始对秋雪庵进行全面重建。他带头捐出银币一千四百元、湖田十五亩四分，他的好友、南浔藏书家刘承干积极响应，捐出湖田二十亩八分。在他俩的带动下，另有十四位亲友也踊跃参与，共捐出银币五千六百元。

1919 年 11 月，秋雪庵大殿重建工程正式启动。重修的大殿共有三楹，殿前东西各三楹，东为圆修堂，西为报本堂，山门则东向有弥勒龛，而殿侧寮舍，功能布局颇为完善。1921 年大殿建成之际，周庆云欣然写下了

西溪三月　蒋跃绘

一篇《重建秋雪庵碑记》，他在文中高度赞扬了众人捐资的善举，称“是役也，发愿始于十载之前，成功庶为百年之计。固知天下事，时会相乘，要有数存乎其中也。然众擎举鼎，匡助实多，列得书之碑侧，以彰盛谊”。文中还生动描摹了西溪的美好景象，称此地为“词家之胜境，又非画手所能到矣”。

的确，在擅长作词的周庆云心目中，秋雪庵就是一个词人心目中最美的地方。因此，在重修秋雪庵的过程中，他萌生了一个绝妙的想法：在秋雪庵后增设历代两浙词人祠堂。这所祠堂内设神龛，共奉祀了一千零四十四位自唐宋以来的两浙宦游词人、流寓词人、方外词人和闺阁词人。

这年的深秋，在两浙词人祠堂即将落成之际，周庆云重泛西溪，特填写《小重山令》词一阕：

> 溪水西流拍岸平。遥山如画罨，黛眉横。万芦深处警秋声。孤篷底，中酒梦忪醒。　　鸥鹭结新盟。楼台凭指点，溯空明。款招词客酹仙灵。西风晚，禅榻鬓星星。

现在，我们就很清楚了，对于周庆云来说，西溪秋雪庵是一个有着特殊意义的地方。作为其德配夫人的张氏，要在六十花甲之年举办放生会，最理想的地点当然就是选在秋雪庵了。

于是，一场别开生面的放生会，就在刚刚重建完成的西溪秋雪庵隆重举行了。除了周家子孙，应邀参与的还有著名高僧太虚大师、著名书画家吴昌硕、国学大师李详等众多僧俗名流。亲临放生会者，睹景思情，感佩不已，纷纷赋诗写下自己的感受；未参与放生现场者，耳闻事迹，也钦慕有加，题词作诗毫不相让。一时间，题咏殆遍，美名四扬，周庆云平时积攒的良好人品在这一刻得到了集中的爆发。

仅收录在《西溪秋雪庵志》和《强村语业》《缶庐诗集》中颂咏西溪放生会的诗词作者，就有近代高僧释太虚、前清礼部侍郎朱祖谋、翰林院编修冯煦、翰林院编修吴庆坻、翰林院侍读钱骏祥、内阁中书况周颐、外务部尚书兼会办大臣邹嘉来、江苏昭文县令许溎祥、江苏句容县令许文濬、河南涉县知县徐廷锡、安徽安庆知府恽毓龄、吏部福建司主事张荫椿、内阁侍读学士刘锦藻、国学大师李详、晚清学者秦国璋、淞社创始人之一沈焜、“岭南六大家”之一潘飞声、鸣社诗人戴振声、“清末海派四大家”之一吴昌硕、西泠印社创始人之一叶铭、清史馆编纂诸以仁、浙江省教育厅长夏敬观、浙江省教育会会长许炳堃、上海商界名人王震、两浙盐运使恽毓珂、浙江盐运使司科长顾柏年等近三十位社会名流。堪称是群贤毕至、华章迭出，令人目不暇接。

这些锦绣诗章或长或短，各具特色，但扑面而来的都是仁善功德的满满正能量。譬如，精于碑版治印的西泠印社叶铭，一首精短的《咏周梦坡西溪放生会》，竟也是写得这般雅致生动：

一

溪山罨画少尘埃，胜地倏然辟草莱。
已是不凡功德著，华严弹指起楼台。

二

放生盛会今犹昔，愿效王姑许太君。
梁孟咸推仁者寿，况多韵事继先芬。

这场本来挺简单的西溪放生会，最后竟能演变成一场弘扬善德的风雅聚会。这，应该算是对周庆云情系西溪、奉献西溪的最好回报了吧。

合共君来隐此间

百余年前的西溪，面貌与今日大不相同。在如今的西溪路东南侧，曾经有一个叫作花坞的地方，那里三面环山，清溪蜿绕，竹木萧疏，庵堂错落，具有十分独特的迷人风韵。如果把整个西溪比作“世外桃源”，那么花坞，就堪称是世外桃源中的“世外桃源”了。

110 年前的那个深秋时节，花坞的景色一定是格外动人的。那难得一见的秋景，自然是吸引了众多慕名而来的文人雅士。在风吹竹林的一片沙沙声中，两个翩翩少年正沿着蜿蜒的小道，满脸沉醉地向着山坞的深处缓缓逛去。

“我第一次来此地，是在松木场放马山背后养病的时候，记得那是一个日和风定的清秋的下午，坐了黄包车，过古荡，过东岳，看了伴凤居，访过风木庵，感到了口渴，就问车夫，这附近可有清静的乞茶之处？结果，他就把我拉到了这里……”那个身着长衫马褂、身形颇为瘦削的少年，笑着对身边的同伴说道。

这番经历，四十年后被这个曾经的孱弱少年写进了一篇题为《花坞》的散文里。在那篇文章中，他是这样描述眼前景象的："自北高峰后，向北直下的这一条坞里，没有洋楼，也没有伟大的建筑，而从竹叶杂树中间透露出来的屋檐半角，女墙一围，看将过去却又显得异常的整洁，异常的清丽。""花坞的好处，是在它的三面环山，一谷直下的地理位置，石人坞不及它的深，龙归坞没有它的秀。而竹木萧疏，清溪蜿绕，庵堂错落，尼媪翩翩，更是花坞独有的迷人风韵。"因此，他说自己"一到花坞，就觉得清新安逸，像世外桃源的样子了"。

"的确不错，非常不错！"走在长衫少年身旁的，是一个戴金丝边眼镜的儒雅少年。他忘情地凝望着道路两旁随风摇摆的竹枝，还有那红彤彤、金灿灿的枫叶和柳树，激动得连话也说不出来了。他爱花坞竹子的清雅，更爱花坞秋叶的斑斓，以至于多年之后，他也在一篇怀念西溪的文章中这样写道："花坞的竹子，可算一绝，太好了，我竟想不出适当的文字来赞美；不但竹子，那一带风色都好，中秋后尤妙，一路的黄柳红枫，真叫人应接不暇。"

这两个被花坞秋景深深迷醉的风雅少年，一个叫郁达夫，一个叫徐志摩。当时的他们也许并没想到，未来的自己，都将跻身于中国现代最著名的散文家和诗人之列。

郁达夫，原名郁文，字达夫，出生于浙江富阳的一个知识分子家庭。七岁那年，他就进了私塾读书，从小便展露出过人的文学才华。徐志摩，原名章垿，字槱森，出生于浙江海宁硖石的一个富商之家。其父徐申如是远近闻名的硖石首富，经营着祖业徐裕丰酱园及钱庄和绸布号等众多产业。作为徐家的长孙独子，徐志摩从小就过着优裕的公子哥生活，直到十一岁才开始就读于私塾，并由此打下古文基础。

清宣统二年（1910），这两个十四岁的少年先后离

西溪旧影（老照片）

开家乡来到杭州，一同考入杭州府中学堂，成为志同道合的同窗好友。在短暂的同学期间，他们不仅在一块挑灯共读，还常常利用闲暇时光结伴出行，赏风景、著文章，在杭州的青山绿水间尽情挥洒着青春年少的美好时光。

而清幽静绝的西溪，一直都是这两个翩翩少年的心头最爱。

——

从郁达夫和徐志摩存世的诗歌散文中，我们不难看出，这两位现代文学家的“西溪情结”，可不仅仅局限于对花坞的那份深情厚爱。

郁达夫显然是反反复复去过西溪很多回的。无论是风和日丽的秋日，还是烟水淋漓的雨天，他都不会放过亲近西溪、了解西溪的机会。他甚至还将对西溪的不同感受写成了一篇题为《西溪的晴雨》的美文。

他在文章中用充满诗意的笔触，向我们描绘了这样的芦塘秋色：“一片斜阳，反照在芦花浅渚的高头，花也并未怒放，树叶也不曾凋落，原不见秋，更不见雪，只是一味的晴明浩荡，飘飘然，浑浑然，洞贯了我们的肠腑。”

这番动人景色，是在一个日暖风和的星期日午后，郁达夫应好友老龙夫妇之邀，去西溪秋雪庵游玩时所见的。在秋雪庵的弹指楼上，驻庵老僧以茶酒相待，邀请郁达夫和好友老龙题赠楹联。盛情难却，友人老龙首先题写了两句：

一剑横飞破六合，万家憔悴哭三吴。

郁达夫于是也提笔附和，写下了一副不知在哪里见过的七言联语：

春梦有时来枕畔，夕阳依旧上帘钩。

而文中记述的另一次西溪之行，则是发生在一个拖泥带水的雨天。那次是郁达夫的另一位名叫源宁的朋友到杭州来玩，在游览了西湖山水之后，这位朋友觉得有点儿失望。正好第二天下雨，郁达夫便带他去了西溪，想让他感受一下另一番野趣。果然，这一路的湿嗒嗒，竟丝毫没有影响到朋友的雅兴。晚上，朋友在席间一本正经地对郁达夫说："今天的西溪，却比昨日的西湖，要好三倍！"

郁达夫除了好与朋友同游西溪，也喜欢自己一个人独游西溪，为此，他曾在西溪留下过不少诗篇。

譬如，他遍访风木庵、伴凤居等西溪别业，看到一路的风光那样迷人，不禁生出了想跟心上人来此隐居的念头，于是作诗《访风木庵、伴凤居等别业，偶感寄映霞》一首，赠给了女友王映霞：

一带溪山曲又弯，秦亭回望更清闲。
沿途都是灵官殿，合共君来隐此间。

又如，他慕名前往法华山探寻厉鹗墓，却遍寻不着，未能遂愿。遗憾之余，写下了《过西溪法华山觅厉征君墓不见》诗一首：

曾从诗记见雄文，直到西溪始识君。
十里法华山下路，乱堆无处觅遗坟。

在游览西溪，寻访厉鹗墓的过程中，郁达夫还受到了流传在当地的有关厉鹗传说故事的启发，创作了一部历史小说《碧浪湖的秋夜》。

当然，这些都是后话。其实，当年郁达夫在杭州府中学堂求学，与徐志摩同窗共读了最多一年时间，就转去了别的学校。两年后，他便跟随长兄郁华漂洋过海去了日本。他在日本整整生活了十年，并且逐渐成长为一名充满爱国激情的左翼作家。

徐志摩的人生轨迹，则完全走向了另一个方向。如果说，郁达夫是一直在向东前进，那么，徐志摩则是在朝着西方渐行渐远。

在杭州读完五年的中学后，徐志摩先后赴上海、天津、北京等地的大学继续深造。因厌恶当时军阀混战的社会，他决定出国留学，去国外寻找改变中国社会的良方。与郁达夫东渡日本不同的是，他选择了西方。

1918 年 8 月，徐志摩前往美国学习银行学。但是很快，他的兴趣就转向了社会与历史。之后，受英国哲学家罗素的吸引，他又辗转来到英国，进入康桥大学皇家学院研究政治经济学。在欧美浪漫主义和唯美派诗风的熏陶下，徐志摩开始新诗的创作，写出了脍炙人口的《再别康桥》等一批现代经典诗作，成为一名极具布尔乔亚情调的浪漫主义诗人。他在《再别康桥》中写的那两句诗“轻轻的我走了，正如我轻轻的来”和“我挥一挥衣袖，不带走一片云彩”，就连不会诗歌的人，也都能张口吟诵。

西溪留给徐志摩的印象，当然也不仅仅止于花坞的竹子和色彩斑斓的秋叶。西溪的芦苇显然也在这位浪漫诗人的脑海中留下了极其美好的印象。他曾在日记《致陆小曼》中这样写道：“在白天的日光里看芦花，不能

西溪上的清洁船　蒋跃绘

见芦花的妙趣；它是同丁香与海棠一样，只肯在月光下泄漏它灵魂的秘密。”他还不无担忧地写道：“西溪的芦苇，年来已经渐次减少，主有农田的农人，因芦柴的出息远不如桑叶，所以改种桑树，再过几年，也许西溪的‘秋雪’，竟与苏堤的断桥，同成陈迹。”

当然，月下那皎洁的芦花，更是无数次地勾起过徐志摩心中淡淡的忧伤。这种莫名忧伤，在 1925 年他途经西伯利亚的时候，就曾像西溪芦田中那翻飞的芦花一般，铺天盖地向他突然袭来。于是，诗人就忍不住用他那优雅从容的笔调，写下了这首风雅无边的《西伯利亚道中忆西湖秋雪庵芦色作歌》：

我捡起一枝肥圆的芦梗，
在这秋月下的芦田；
我试一试芦笛的新声，
在月下的秋雪庵前。

这秋月是纷飞的碎玉，
芦田是神仙的别殿；
我弄一弄芦管的幽乐——
我映影在秋雪庵前。

我先吹我心中的欢喜——
清风吹露芦雪的酥胸；
我再弄我欢喜的心机——
芦田中见万点的飞萤。

我记起了我生平的惆怅，
中怀不禁一阵的凄迷；
笛韵中也听出了新来凄凉——
近水间有断续的蛙啼。

这时候芦雪在明月下翻舞，
我暗地思量人生的奥妙；
我正想谱一折人生的新歌，
啊，那芦笛(碎了)再不成音调！

这秋月是缤纷的碎玉，
芦田是仙家的别殿；
我弄一弄芦管的幽乐——
我映影在秋雪庵前。

我捡起一支肥圆的芦梗，
在这秋月下的芦田；
我试一试芦笛的新声，
在月下的秋雪庵前。

让两位最具知名度的中国现代文学家在这里聚首，并且一辈子念念不忘地为之著文写诗，留下如此风雅的诗文遗产，这是西溪与郁达夫和徐志摩的特殊缘分，更是西溪独特魅力的真实见证。

第二章

情义留西溪

兄弟成功退急流

九百多年前的西溪五常一带，还是一片澹潆泽沛、菁蔓芊蔚的荒滩之地，虽然那里的土地十分肥沃，但因地势低洼，常遭水患，尚无法大规模种植粮食。直到南宋绍兴年间，这种状况才因西溪杨圩的建设，而得到了彻底的改变。

所谓的杨圩，又叫杨府坝，是一项面积达数千亩的大型筑圩围田工程。这项工程包含了东杨圩和西杨圩两处，东杨圩位于如今的五常东北南河头、邱桥、杨家墩一带，面积约为两千亩；西杨圩在五常西南的西坝村，面积也有两千多亩。

那么，这两片滩涂究竟是被谁开发成良田的呢？据《西溪梵隐志》记载，杨圩“亦在溪北，宋功臣杨统制世居钱唐，兄弟友爱，退归林下，各置一圩之产”。由此看来，杨圩是由宋朝一位姓杨的功臣和他的兄弟联手购置开发建设而成的。

这个关于杨圩来源的说法，在其他的一些诗文记载中也得到了印证。譬如，在明代西溪诗僧释大善的《西溪百咏》中，就有这样一首《西溪怀古·杨圩》：

西溪旧影（老照片）

功成名遂退林丘，贵仕三朝富一畴。
南亩春耕兄乐业，西庄秋熟弟幽游。
阶生兰桂随时秀，堂奏篪埙逐口酬。
兄爱弟恭妯娌睦，同源九世不分流。

诗中更为详细地讲述了一位三朝贵仕的宋朝大官杨统制，在功成名就之后急流勇退，与兄弟一起在西溪各置一产、毗邻而居，过起了弟兄相敬、妯娌相亲的和睦日子。春暖花开的时候，他们在南边哥哥的田地里耕种乐业，秋熟丰收的季节，他们在西面弟弟的田庄里悠然畅游，到处都是一派兰桂飘香、乐声满堂、家人和睦、其乐融融的美好景象。这种家族亲人间的深厚情义，因为杨圩的存在，而在西溪这片美丽的土地上演绎得格外生动。

这真是既令人万分羡慕，又让人赞叹不已啊！因为老子《道德经》有言："功遂身退，天之道也。"我国古代的传统文人眼中，也常将"功成名遂身退"视为人生追求。然而，古往今来，又有多少人能够真正做到如此呢？很多人在功成名遂之后，便忘了初心，贪恋起了功名利禄，最后弄得晚节不保的也比比皆是。因此，这位杨统制能够在功成名遂之后急流勇退，与兄弟一道退居林下，过一种恬淡亲睦的平凡生活，这何尝不是一种令人心生敬佩的人生境界呢？

这位杨统制究竟是何许人也？在有关西溪杨圩的诗文记载中似乎都没有说明白。大家的口径几乎都是"杨统制，宋功臣也。佚其名，世居钱塘，兄弟友爱，退归林下，各置一圩之产在溪北，躬耕自给"。

问题是，所谓的"统制"并非人名，而是宋朝的一种官名，意指统领制约。北宋规定，将领不能专兵，凡遇战事，则在各将领中选拔一人授予“都统制”之职，以节制兵马。因此，这是皇帝为了加强中央集权、直接控制军队而专设的官职。如此看来，这位“杨统制”确实是一位权倾朝野的军官，可他到底是谁呢？

——

事实上，这位低调得甚至连见多识广的西溪文人都不知道其名字的杨统制，还真是一位赫赫有名的大人物，他就是深受宋高宗赵构信赖的南宋名将杨存中。

杨存中，字正甫，本名杨沂中，代州崞县（今山西原平）人。他出身将门，祖父杨宗闵曾任永兴军路总管，在金军攻陷永兴城的战役中，因守卫城池而英勇殉职。其父杨震曾知麟州建宁寨，也战死于抵御金军的战役之中。

作为将门之后的杨沂中，很好地继承了先辈的风范。他从少年时代起就机智敏锐，力量超人，娴习兵法，精于骑射；长大后更是身材魁梧，孔武有力，性格沉稳，满身豪气。他曾慷慨激昂地说：“大丈夫应当以武功博取富贵，怎能俯首帖耳成为腐儒呢！”其过人的武艺和胆魄，甚至不输“中兴四将”之首的岳飞。

宋徽宗宣和末年，山东、河北等地群盗四起，杨沂中响应号召参军平叛，很快就在战斗中崭露头角，从普通士兵一直被提拔至忠翊郎。靖康元年（1126），在金军第二次围攻汴京时，杨沂中效力于中兴四将之一张俊的麾下。当时元帅府正值草创之时，亟需招募可靠的警卫人员，因杨沂中忠诚果敢，骁勇善战，被张俊推荐给了宋高宗，得到了皇上的召见，并赐予袍带，成为宋高宗的一名近身护卫。他尽忠职守，日夜护卫在皇上的寝帐周围，一刻都不离左右。宋高宗见杨沂中既忠心耿耿，

西溪垂钓　蒋跃绘

又谨慎沉稳，就开始对他亲近和信任起来。

建炎三年（1129），宋高宗在苗刘之乱中被叛军软禁，杨沂中跟随张俊参与平乱之战。之后，又因作战勇猛，在多次平乱战役中屡立战功，再加上对宋高宗赵构忠心不二，于是很快就在绍兴二年（1132）被提拔为神武中军统制。这是一个极为重要的官职，专门负责指挥护卫皇帝的安全。

当时，宰相吕颐浩拿出皇上的任命书交给杨沂中的时候，张俊曾奏请皇上，希望能将杨沂中留在军中，可宋高宗态度坚决地说："宿卫部队缺乏将帅，我所挑选的，不能改变。"杨沂中见状，十分诚恳地推辞说："神武诸将如韩世忠、张俊，皆贵拥旄钺，名望至重，像我这样微不足道的人，一旦地位与他们相抗衡，实在难以自安。"可是宋高宗没有答应，仍派宦官正式宣布了任职命令，杨沂中这才不得不领命就职。由此可见，杨沂中已深得赵构的信赖。

之后，杨沂中又在绍兴三年（1133）讨平严州妖贼缪罗，并于绍兴六年（1136）协助韩世忠攻打伪齐皇帝刘豫，从此名震北方。绍兴十一年（1141），杨沂中与张俊、刘锜在柘皋（今安徽巢湖市西北）联手击败金兀朮（完颜宗弼），官至殿前都指挥使。

但是，随后不久，宋金和议成功，掌握了相权的秦桧，立即罢免了岳飞、韩世忠、张俊等三大将的兵权。对皇上向来忠心不二的杨沂中首先交出兵权，因此获得了宋高宗最多的恩宠和赏赐，认为他最懂得顾全大局，对朝廷忠心耿耿，故称他是当朝的"郭子仪"。绍兴十二年（1142），经高宗赐名，杨沂中正式改名为杨存中。

不过，正是杨存中这种对皇上的绝对忠诚，在给他带来无上信赖的同时，也招来了一个万分艰难，甚至为后世所诟病的尴尬任务，那就是担任处死岳飞的监斩官。

———

当时的南宋正被一片甚嚣尘上的议和之声所笼罩，手握大权的奸臣秦桧出于种种不可告人的目的，在宋高宗的支持下，将爱国抗金名将岳飞以莫须有的罪名陷害入狱。绍兴十一年十二月二十九日（1142 年 1 月 27 日），宋高宗下令赐死岳飞，并令杨沂中和张俊监斩。

这对杨沂中来说，实在是一项进退两难的任务。岳飞的精忠报国可谓是日月可鉴、世人皆知，将其治罪甚至杀害，这会激起多少民愤？同为南宋名将的杨存中对此不可能不清楚。但是，面对宋高宗的信任有加，打心眼里对皇上从来都是说一不二、绝对愚忠的杨沂中，又能说什么呢？

其实，杨沂中和岳飞都是血气方刚的武将，怎可能不惺惺相惜呢？也许后人可以质疑，当朝廷十二道金牌调不回岳飞，秦桧点名要杨沂中出面请岳飞回朝的时候，他为什么不严加回绝？当宋高宗任命其为岳飞的行刑监斩官，看着素来敬仰的名将蒙冤受刑，他杨沂中为什么不婉转推托？但是，金无赤金，人无完人。我们首先得认识到，杨沂中之所以是杨沂中，其身上的最大亮点就是绝对忠诚。我们不妨设身处地换位思考一下，在当时的那种情势下，杨沂中真的可以有自己的选择吗？作为一位绝对忠诚于皇帝的大将，他能不服从宋高宗的命令吗？杨沂中又不是毫无情感的冷血之徒，眼看着岳飞横遭迫害却又难施援手，甚至还不得不为虎作伥，其心中的那份苦痛和无奈又有谁能体会？

好在历史还算是公正的，作为一名忠诚勇猛，几乎没有其他什么污点的大将忠臣，杨存中最终并没有被历史划入陷害岳飞的群丑之中。因为，世人的眼睛是雪亮的，大家心中都有一杆秤。而与之形成鲜明对照的，就是另一位监斩岳飞的南宋名将张俊，因其贪婪好财，品行不佳，而且还是陷害岳飞的主谋之一，所以就成了一个遗臭万年的奸臣贼子。

也许正是因为有了这样违心的经历，才使得杨存中居危思安，更加淡泊功名，提前退归林下，转而追求那种恬淡亲和的兄弟之情。

杨存中在杭州城中有多处府第，他的庄田也遍布杭州、嘉兴、苏州、昆山等地。据《径山志》记载：径山的了明和尚因径山寺无田产，粮食匮乏，于是赴杨存中府上募田，杨便将苏州的一万余亩庄田施赠给了径山寺。西溪五常与杭州近在咫尺，土地肥沃，只不过荒滩不经改良无法种植，于是杨存中兄弟又通过朝廷赐予和出资购买，各置圩田一处，并大兴水利，终使荒滩成良田。杨氏兄弟也由此成了西溪五常开发建设的功臣，受到了后人的代代传诵。清代许承祖有诗《杨圩》云：

统制声华棣萼情，梦回沙漠气纵横。
英雄投老浑无事，部舍求田咏太平。

乾道二年（1166），杨存中去世，被安葬于南宋都城临安（今浙江杭州）城郊，享年六十五岁。宋高宗追念旧臣，潸然泪下，赙钱十万，并命朝廷追封其为“和王”，谥“武恭”。南宋观文殿大学士周必大还为杨存中撰写了《正甫杨公传》，其赞词为：

威震华夷，功揭天地。

一代英雄，千秋庙祀。
有像斯存，凛然正气。

纵观杨统制杨存中的一生，应该说是功成名就的一生。但其实他这一生最为感人、最值得称道的，还是在功成名遂之后，身退于西溪，在这片土地上演绎兄弟情义的故事。因此，写过一系列《西溪怀古诗》的清代藏书家丁立中，虽然并不知道这位杨统制究竟是何许人也，却还是忍不住以一首《杨圩怀杨统制》对其大加赞扬：

休嗤统制事田畴，兄弟成功退急流。
荆树已同归战马，桃林却好放耕牛。
豆棚闲话鹰扬绩，茅舍分垂燕翼谋。
我惜西溪无旧志，清名未予白云留。

西溪的秋天　蒋跃绘

长忧溪水穷

北宋元祐四年(1089)，因“乌台诗案”遭贬，后又因皇权更替、司马光重新拜相而重获重用，出任翰林学士、知制诰、知礼部贡举的著名诗人苏轼，因不满旧党执政后暴露出来的种种腐败现象而进行了抨击，又引起了旧党的诬陷，于是再度自请外调。

不久，朝廷便批准了苏轼的请求，任命他为龙图阁学士、知杭州、兼两浙西路钤辖，兼辖浙西七州。对于这个任职，苏轼还是比较满意的。因为十多年前，他就曾经在杭州担任过三年的通判，对杭州的情况相当熟稔，也特别喜欢这个地方。

所谓的“通判”，是由宋太祖赵匡胤创设的一个官职，相当于知州副职，其职责是辅佐知州掌管粮运、家田、水利和诉讼等事项。这个职位由皇帝委任，有直接向皇帝报告的权力，而且知州下发的各项指令均须通判一同签署方能生效。因此，苏轼深知，这个副手的人选，对于自己的这趟任职十分重要，必须选择一名既能干又同心的通判来辅佐自己，方能在治理好杭州的同时，腾出时间精力来管辖好范围更广的浙西七州。

〔明〕杜堇《东坡题竹图》

选谁合适呢？苏轼的脑海里很快就浮现出了一个理想的人选，他就是奉议郎杨蟠。

提起这位杨蟠，那也算是宋朝赫赫有名的诗人，他一生著诗数千篇，诗名与梅尧臣和苏舜钦并列，深得欧阳修的推崇，被其赞曰："苏梅旧作黄泉客，我亦今为白发翁。卧读杨蟠一千首，乞渠秋月与春风。"正所谓英雄惺惺相惜，才华横溢的大诗人亦是如此。尽管杨蟠要比苏轼整整大二十岁，但这并不妨碍两人成为志同道合的忘年诗友。作为同僚加好友，苏轼不仅欣赏杨蟠的诗情才华，更了解其刚正清廉、勤勉敬业的品性，因此便力邀杨蟠作为杭州通判一同赴任。

杨蟠，字公济，别号浩然居士，为浙江临海章安人（一作钱塘人）。章安地处浙东沿海，距离杭州也不算太远，听说能与苏轼一道前往杭州任职，杨蟠未加思索便欣然应允。于是，苏轼在临行前向朝廷隆重推荐了杨蟠，希望他能成为自己的副手共同治理杭州。

苏轼的举荐很快就得到了朝廷的批准，已七十三岁高龄的杨蟠被正式任命为杭州通判，与苏轼同领州事，负责裁处兵民、钱谷、户口、赋役、狱讼听断等事宜。

——

苏轼与杨蟠相携到杭赴任后，立即深入百姓，体察民生疾苦，组织实施了一系列深受当地群众拥戴的民生实事，如清淤治河、防治水患，挖井引水、解决百姓饮用咸水之苦等。其中最为显著的功绩，就是带领百姓疏浚西湖，修筑起了名垂青史的西湖苏堤。

那是苏轼和杨蟠上任的第二年，也就是元祐五年

(1090)，已在杭城百姓中取得了良好口碑的两位父母官，心中却一直被一件事情困扰着。因为他们发现，对于杭州这座城市极为重要的西湖，由于长期得不到疏浚清淤，已经荒草遍野、湖水干涸，原本的蓄洪和排涝功能均已退化，加上湖边居民肆意填土种植，更加剧了湖面的淤塞，严重影响了农业灌溉。望着曾经美不胜收的西湖如今呈现出一番破败不堪的景象，无比痛心的苏轼不禁在一首《去杭十五年复游西湖用欧阳察判韵》中写下了“葑合平湖久芜漫，人经丰岁尚凋疏”的诗句。

作为杭州通判的杨蟠对此番景象，也是看在眼里，痛在心里。两人一合计，决定上书朝廷，请求对西湖进行重新疏浚。因为这将是一场十分浩大的工程，单靠地方一己之力，实施起来难度会很大，必须依靠朝廷的支持。

报告打上去之后，朝廷的回复却是不尽如人意的。虽然朝廷对疏浚西湖的建议非常支持，但由于国库紧张，并没有如苏杨二人所愿，直接拨下疏浚西湖所需的经费来，而仅仅给了 100 道僧人的度牒。

所谓度牒，是当时朝廷发给出家僧尼的凭证，凡持有度牒的僧尼，即可免除地税和徭役。好在朝廷规定，官府可将度牒出售，其收入用来充作军政费用。于是，苏杨二人就将这 100 道僧人的度牒悉数出售，这才勉强凑起了一笔经费。

“如将这些银两直接作为劳务费支付给民工，那可是杯水车薪，不够的呀！”深知工程浩大的杨蟠，望着 100 道度牒换来的万贯银两，一筹莫展道。

“如今正值饥荒，我们不妨用这些银两去换购常平米，然后再用以工代赈的方式，来招募饥民参与疏浚。”苏轼显然已经过深思熟虑。

"高，高！"听苏轼这么一说，杨蟠不禁眉头舒展，"如此一来，不仅可以招到更多的民工，还能解决饥荒问题！"

最终，他们成功地招募到了大批饥民，动用了整整 20 万人工，终于把西湖里的葑草全都打捞干净，并用疏挖出来的淤泥和葑草修筑了一条纵贯西湖的长堤，被百姓亲切地称为"苏堤"。

——

苏轼和杨蟠之所以能将那 100 道度牒顺利售出，从而解决了疏浚西湖所需的经费问题，最关键的是得益于苏杨二人与佛教界的深厚渊源。

杭州自古以来就是中国佛教的一个重要中心，自吴越国时起就梵音不断，至宋代更是达到了巅峰时期，可谓是古寺名刹林立、高僧大德辈出。而苏轼恰巧又是一位虔诚的净土居士，不仅对众多佛教经典相当精通，而且善于将佛法融会贯通于自己的人生与创作实践当中。因此，这位笃信佛教的杭州父母官，与杭州佛教界的众多知名僧人自然有着密切的交往。在杭担任知州期间，苏轼遍访佛寺、广交高僧，足迹几乎踏遍了杭州的每一座寺院，并且留下了许多脍炙人口的诗篇。譬如，在寻访灵隐寺的时候，他就写下了这首意境深远的《北高峰塔》：

言游高峰塔，蓐食治野装。
火云秋未衰，及此初旦凉。
雾霏岩谷暝，日出草木香。
嘉我同来人，久便云水乡。

西溪十月　蒋跃绘

相劝小举足，前路高且长。
古松攀龙蛇，怪石坐牛羊。
渐闻钟磬音，飞鸟皆下翔。
入门空无有，云海浩茫茫。
惟见聋道人，老病时绝粮。
问年笑不答，但指穴藜床。
心知不复来，欲归更彷徨。
赠别留匹布，今岁天早霜。

杨蟠也是一位喜欢清静、向往超脱的雅士，特别喜欢与僧人交往。因此，他常在公务之余，和苏轼结伴同游杭州的大小寺院，与僧人们品茶论禅、诗歌往来。其中，天竺寺就是他情有独钟的地方，不仅常去参访，而且还作诗多首，尽抒倾慕心怀。如《游天竺上寺呈东山仲灵冲晦》：

入林已忻猿鸟乐，共傲浮生胜大还。
身外是非云不系，社中留恋雨相关。
篮舆寂寞愧彭泽，拄杖风流肖德山。
寄语葛洪岩下水，莫流清梦落人间。

还有一首《宿天竺再赠东山禅师与冲晦》：

仲灵述作惭知己，冲晦篇章窃赏音。
胜侣俱恬山水乐，神交已过雪霜深。
灯前自笑平生事，雨后重论一夜心。
相检莫教诗间断，更阑同听夜猿吟。

赋诗二首的杨蟠仍意犹未尽，于是又再来一首《约冲晦宿东山禅寺精舍先寄》：

上人合动林间兴，吾恨衰迟学谢安。

纳屐操筇那有限，吹云落雨漫无端。
先凭报信春枝破，预想分题雪屋寒。
林下不谙人世苦，笑将双鬓与君看。

正是凭借着与在杭各大寺院高僧们的这种特殊交情，苏轼和杨蟠不费吹灰之力，就巧妙地利用朝廷赐予的那些度牒，完成了疏浚西湖的千古大业。

——

如果说宋代的杭州是我国佛教的一大中心，那么，位于杭城西部的西溪，可谓是这个佛教中心的核心之一。西溪的自然环境清冷野幽，是众多出家修行的僧人、在家参禅的居士，以及具有佛学情怀的文人雅士心目中最理想的隐逸之地，因此在西溪的山水之间分布着大大小小的寺庙庵堂上百座，像名闻遐迩的法华寺、永兴寺、秋雪庵，甚至包括苏轼与杨蟠常去的灵隐寺、天竺寺等，皆坐落于西溪的秀水及其周边的群山之中。

这一对事业上的默契搭档，在生活中也是如此的情趣相投，他们不仅兢兢业业，共同为造福杭城百姓做了许多卓有成效的工作，而且还诗酒唱和，为后世留下了许多美好的诗篇。两人都十分欣赏梅花高洁坚忍、不畏严寒的品格，因此在结伴郊游的过程中，仅以梅花为题，就你来我往写下了不少唱酬之作。如苏轼的《次韵杨公济奉议梅花十首》《再和杨公济梅花十绝》等，这其中的有些绝句，便是他们在同游西溪的时候创作的。

作为主政一方的官员，苏杨二人在吟风颂月、尽显风雅的同时，也不忘忧政忧民，透露出一种守土有责的强烈责任感。在游览西溪的途中，作为杭州通判的杨蟠徜徉于世外桃源般的田园风光，心中却担忧着如此美好的溪水，会不会如年久失修的西湖般荒芜干涸？因而触景生情地写下了一首简洁动人、意蕴深长的绝句：

为爱西溪好，长忧溪水穷。
山源春更落，散入野田中。

———

苏轼和杨蟠在杭期间的任职经历，堪称是事业伙伴的合作典范。然而，天下没有不散的筵席。元祐六年（1091），在杭任知州才两年时间的苏轼就应召回朝，不久又被调往颍州任职。同年，杨蟠也应召回京就任承议郎一职。这对深受杭州百姓爱戴的黄金搭档，就这样被解散了。

离开杭州后，杨蟠在温州、高邮、寿州等地辗转任职多年，最终卸去官职，还是回到杭州，寓居在了这片他所钟爱的土地上。晚年的杨蟠继续深入杭州的每一处山山水水，用他那诗情横溢的笔写下了《钱塘百咏》和《西湖百咏》。他的那首充满忧思情怀的名篇绝句《西溪》，也被收入《西湖百咏》之中。这首诗从自然风景的独特角度来赞美西溪，开启了西溪隐逸之美、冷幽之美、野趣之美和宁静之美的欣赏新视角，被公认为是最早歌颂西溪的诗歌。那句“长忧溪水穷”，更是带着淡淡的忧伤，深深地烙在了人们的心中。

相对于杨蟠来说，苏轼可就没有这么幸运了。离开杭州后，他也辗转颍州、扬州、定州多地，最后却因朝政变更被一贬再贬，与杭州再无重逢之缘。

虽然苏轼和杨蟠只在杭州一起主政了短短的两年时间，但他们为了共同的理想携手并进、精诚合作，为造

錢塘百詠

秀水楊象濟利叔

采葛村娃劇苦辛錦衣歸去沼吳春五湖一舸鴟夷
逝終欠黃金鑄美人

競誇捷足似騰騫懷古神從想象傳卻記虎邱山上
寺要離塚畔草如烟

湖山鐵券有崇祠納土淮南異代悲千古文章有知
己荆公能讀表忠碑

和議謀行自相臣殘棋一局勢難新傷心好語臨安
月莫照盧龍塞外人

錢塘百詠 一

杨蟠《钱塘百咏》书影

福杭城作出积极努力的事迹却永远留在了百姓心间。尤其是作为副手的杨蟠，能够不计名利，甘当配角，主动隐身于背后积极辅佐苏轼开展工作，体现了一种大局为重、事业为重的高风亮节。这种精神直至今日，仍值得我们很多为官从政者学习。

西溪先生奇崛士

元朝至元二十七年（1290）春，杭州西溪的绿漾碧波间，又是一派和风轻拂、草长莺飞的美好景象。一条蜿蜒于漾荡之间的荒草土径上，有位须髯浓重、相貌堂堂、身形魁伟、满身豪气的北方汉子，正率领随从沿着柿树掩映、芦草遍野的小径边走边看。一路上，这位美髯公或指指点点，或驻足沉吟，仿佛在跟随从商议着什么。

不觉间，他们来到了一处视野开阔的水岸边，但见这里林木葱茏、花草扶疏，静谧之中隐约可闻虫吟鸟鸣之声，令人心旷神怡，极目远眺，又能望见如黛远山依稀缥缈于山林之巅，真乃如诗如画、美不胜收。

“就是这里了，就是这里了！”美髯公面露喜色，回头对随从道，“我要在此修建一座霜鹤堂，广邀志趣相投的文朋诗友来此聚会，过那种弄琴习书、诗酒往还的快意人生！”

“先生傲骨洒脱，不事权贵，能够主动脱身于官场，来过自己想要的生活，着实令人钦佩和羡慕。不过，要买下这块地方，代价估计不小，如果还要在此兴修建筑，那肯定又是一笔很大的开支……”随从似乎有些担忧。

美髯公闻言，哈哈大笑起来："不妨，不妨。咱们不讲求奢华排场，有几间茅屋陋室足矣！"

———

这位在西溪选址兴修别业的美髯公，正是书法造诣极高的元代著名书画家鲜于枢。此时的他虽然正值壮年，但因不满官场腐败，已主动辞去官职，打算隐居西溪，过一种闲云野鹤般的生活，为此他给将来的隐居地取名"霜鹤堂"。

鲜于枢，字伯机，号困学山民、寄直老人、虎林隐吏，是一个才华横溢而又特立独行的人，其祖籍为金代的德兴府（今河北涿鹿），出生地在汴梁（今河南开封），因而拥有了北方人典型的粗犷容貌和豪爽洒脱的性格。每每酒酣之际，他便会吟诗作词，且爱高声朗诵给大家听。他的诗画因意境旷达、奇态横生而为人称道。

然而，正是因为这种自负随意的性格，导致鲜于枢在官场上混得并不开心。尽管他入仕较早，从十九岁起便开始辗转于汴梁、扬州等地任职，但由于他不屑于阿谀奉承，常与上司在公庭之上争辩是非，甚至一言不合就拂袖离去，因此屡遭当权者的排挤，所任的皆为中下级官职，甚至还多次被去官或遭贬。

在外人眼中，鲜于枢是一个高傲狂放之人。但事实上，在其桀骜不驯的外表下，却隐藏着一颗十分柔软而又专情的心。他于而立之年来到杭州，担任浙江都事，第一次接触到湖光潋滟的西湖，便深深地爱上了这个地方。有一次，他到西湖边的断桥水阁倚栏赏景，正忘我地陶醉于湖光山色之时，一枚随身携带的玉质水滴从衣兜间不慎滑落，只听扑通一声，便沉入湖底不见了踪影。

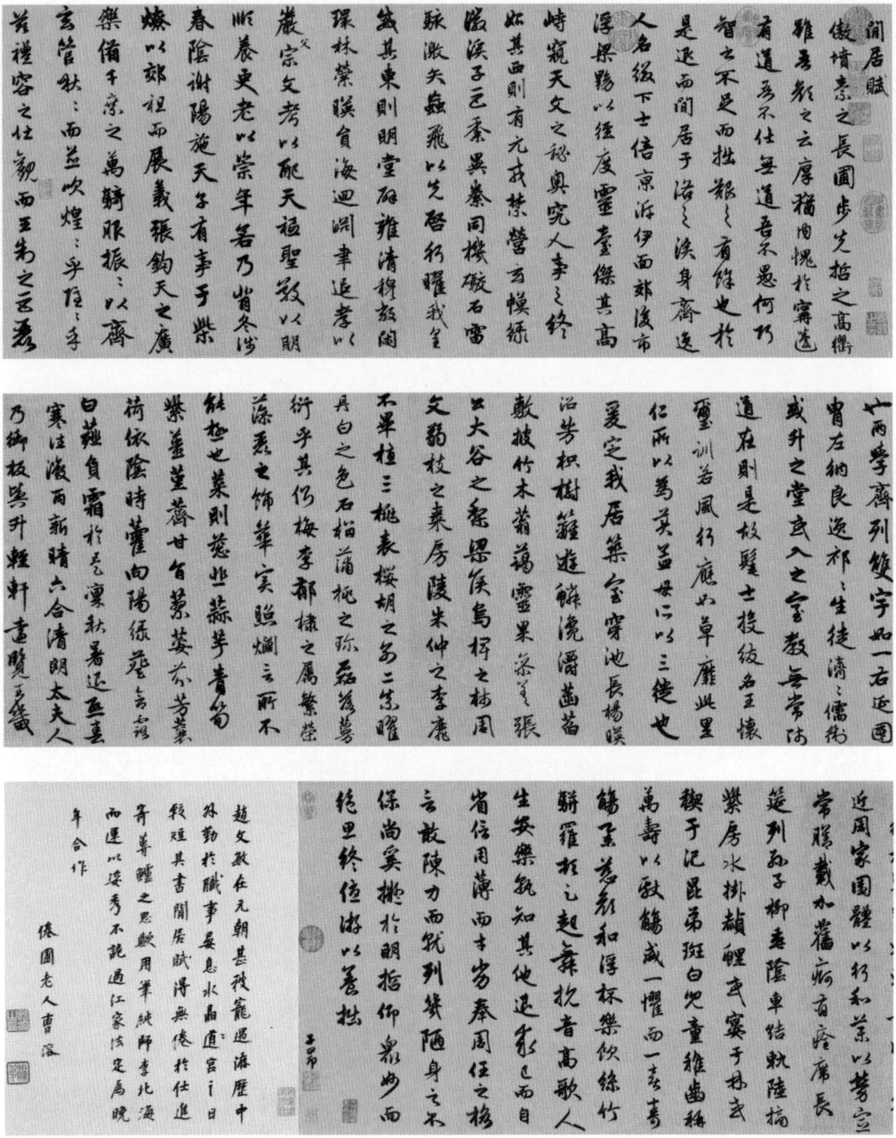

〔元〕赵孟頫《行书闲居赋》

这枚由碧玉雕琢而成的水滴是一件汉代的遗物，其外观造型为一头蛮狮，头部开有小孔，并配置吸子，可贮水供研墨所用。整个水滴玲珑可爱、精致圆润，深得鲜于枢喜爱，视其为珍宝，平时一刻不离身，闲时便取出来放在手掌间赏玩。这样的宝贝突然遗失，怎不叫人心急如焚？他赶紧派人帮助搜找，结果却遍寻不见。为此，他郁闷了好长一段时间，甚至人也憔悴了不少。不久后，被调往异地任职的鲜于枢，只能带着遗憾离开了杭州。

几年后，鲜于枢重回杭州任职，心中竟仍惦念着那枚不慎遗落的水滴。他满怀惆怅地来到西湖断桥边，发现湖水正值浅落期，湖底的淤泥全都清晰可见。忽然，他在当年掉落宝物的地方看到一个熟悉的影子，不觉眼前一亮，那不正是自己遗落的那枚水滴吗！惊喜万分的鲜于枢来不及多想，便不顾一切地跳入湖中，亲手将宝物从淤泥中取出。从此，他将这枚水滴改名为“神人狮子”，而他的这段奇遇也成了诗书画界的朋友们争相颂咏的话题，在杭城文人圈被传为美谈。

对待一枚没有生命的水滴，尚能如此情深意切，那如果遇到一位惺惺相惜的艺术知己，必定就能成为一辈子的挚友了。从这一点看，鲜于枢是幸运的，尽管他这种外冷内热的性格在官场上并不怎么吃香，但在诗书画艺术交往中，却因此有幸遇到了一位令世人艳羡的知己挚友，他就是元代另一位非常著名的书法家赵孟頫。

那是至元十五年（1278）秋的一天，年仅二十四岁的赵孟頫从老家浙江吴兴来杭参加文友雅集，在聚会上见到了早有耳闻的鲜于枢。当时的鲜于枢初任扬州行台御史掾，临行前也来参加文友聚会，便遇到了一生的知己赵孟頫，这不能不说是缘分的奇妙。

初次谋面，两人便无话不谈，十分投缘，特别是许多艺术见解竟惊人地契合，于是大有相见恨晚的感觉。多年后，鲜于枢已不在人世，赵孟頫忆及两人初识的场面仍然是历历在目，他在《哀鲜于伯机五言诗稿》的书法册页中动情地写道：

我生大江南，君长淮水北。
忆昨闻令名，官舍始相识。
我方二十余，君发黑如漆。
契合无间言，一见同宿昔。

一个风雅温润的江南才子，一个英迈豪爽的北方汉子，因为对诗书画艺术的共同追求，从此结下了深厚的友谊。虽然他们彼此都在宦途上南北奔波，但只要一有机会便会聚首，谈文说艺，乐此不疲。那种充满默契与欣赏的愉快交往，都被赵孟頫用“春游每挐舟，夜坐常促席”“奇文既同赏，疑义或共析”“书记往来间，彼此各有得”等诗句生动地记录了下来。

作为元代书法的“二杰”，两人间交流最多的自然是书法艺术。鲜于枢的书法功底十分扎实，特别擅长中锋悬腕作书，其笔力遒劲，气势非凡，令赵孟頫推崇备至。当时的赵孟頫正沉迷于宋高宗的书法，是鲜于枢一语惊醒梦中人，引导他从王羲之的书法入手，使其书艺大进，为日后成为书坛巨擘奠定了基础。为此，在鲜于枢去世多年后，早已名满天下的赵孟頫仍充满敬意地说：“余与伯机同学草书，伯机过余远甚，极力追之而不能及。伯机已矣，世乃称仆能书，所谓无佛出称尊尔。”

梦幻西溪　蒋跃绘

至元二十年（1283），三十七岁的鲜于枢决定淡出仕途，在风景优美的杭州定居。他在西湖虎林修建了一处居身之所，名曰“困学斋”。一时间，吸引了前宋遗民周密、收藏家张谦和当朝官吏乔篑成、仇鹗等大批文人雅士前来雅集聚会。作为鲜于枢最投缘的挚友，赵孟頫自然也是困学斋的座上宾。

与鲜于枢主动淡出官场形成鲜明反差的是，彼时的赵孟頫可谓是官运亨通，仕途越走越顺畅。好在两人的深厚友谊是建立在艺术见识之上的，彼此身份的变化丝毫没有影响他们的交往。

那日，在京任职的赵孟頫趁回老家吴兴探亲之际，抽出时间专程赶来杭州探访老友，目睹了鲜于枢鸿儒往来、调琴弄墨的潇洒生活状态后，不禁心生羡慕，当即作诗一首赠予鲜于枢：

脱身轩冕场，筑屋西湖滨。
开轩弄玉琴，临池书练裙。
雷文粲周鼎，鹿鸣娱嘉宾。

虽然鲜于枢不事权贵、不愿钻营，但朝廷却并没有彻底遗忘这个才子，只因此人桀骜不驯、不通世故，因而每每任命的都是一些不甚重要的闲职。这倒也正合鲜于枢之意，早已闲散惯了的他，一心向往的是世外桃源般的幽雅生活，因此即便有了一座困学斋，鲜于枢仍心心念念要在更加僻静的地方再修筑一处可供自己隐居的陋室。于是，自然环境格外清幽的西溪便成了他的首选。

四十四岁那年，在西溪的蒹葭深处物色好地方并修

〔清〕吕焕成《西溪图》

建了霜鹤堂后，鲜于枢就过起了更加超凡脱世的隐居生活。所谓“霜鹤堂”，其实不过就是几间简陋的茅草屋，但鲜于枢却在此自得其乐。与高朋满座的困学斋不同，霜鹤堂是鲜于枢独享寂寞的一方净土，几乎很少在这里接待文友。当然，有一个人例外，那就是他的一生知己赵孟頫。

一天，已在京升任集贤直学士的赵孟頫随鲜于枢来到西溪霜鹤堂，两人面对绿草清溪把酒言欢，不觉间便酒酣耳热。趁着酒兴，赵孟頫移步案前，举笔蘸墨，精心绘就一幅《题西溪图》。画毕，他还题上了一首诗曰：

山林忽然在我眼，揽袂欲游嗟已远。
长松稷稷含仓烟，平川茫茫际层巘。
打量繁华天下稀，走马斗鸡夜忘归。
君独何为甘寂寞，坐对山水娱清晖。
西溪先生奇崛士，正可着之岩石里。
数间茅屋破不修，中有神光发奇字。
绿苹齐叶白芒生，送君江南空复情。
相思万里不可见，时对此图双眼明。

“西溪先生奇崛士”，这精准而独特的评价，充溢着赵孟頫对鲜于枢满满的钦佩与欣赏。而这幅《题西溪图》，也成了两人至交情深的友谊见证。

元大德三年（1299）八月，赵孟頫转任江浙儒学提举，本以为从此可以常驻杭州，和莫逆之交的鲜于枢经常聚首了。没想到，此时的鲜于枢却因为被朝廷派往金华任职，随即又被莫名其妙地革去官职，故而闷闷不乐，连作十首《支离叟》的诗来排遣心中的郁闷。不久，其子鲜于

必强又不幸去世，这对他造成了更大的打击。心灰意冷的鲜于枢整日蜗居在霜鹤堂，几乎断绝了与外界的一切往来。

正所谓人情似纸张张薄，世事如棋局局迷。对于赵孟頫和鲜于枢超越常人的深厚友情，羡慕者有之，忌恨者亦有之。于是，在两人境况发生重大转折之际，各种谣言和诽谤便甚嚣尘上，其中最为离谱但却流传甚广的一种说法，是称赵孟頫因嫉妒鲜于枢的才华，暗中迫害才致使鲜于枢屡屡丢官。

不过，路遥知马力，日久见人心。尽管有人暗中使出如此刻毒的离间计，但赵孟頫对鲜于枢的敬仰之心从未有过动摇。元大德六年（1302），早已远离尘事的鲜于枢竟又获任太常典簿，然而未及到任，他便病逝于钱塘，享年五十六岁。按照其遗愿，鲜于枢死后被安葬于西溪，将灵魂安放在了这片宁静的山水之间。

好友的离世让赵孟頫哀痛不已，尽管时光渐渐流逝，但鲜于枢的音容笑貌始终留驻在赵孟頫的心间。大德十一年(1307)，五十四岁的赵孟頫在鲜于枢过世五周年之际，挥笔写下《哀鲜于伯机五言诗稿》，动情回忆两人交往的历历往事。在他的笔下，鲜于枢豪放倜傥的形象还是那般地栩栩如生（节选）：

气豪声若钟，意愤髯屡戟。
谈谐杂叫啸，议论造精核。
巍煌商鼎制，驵骏汉马式。

吾师不恐怖

当那一声令人毛骨悚然的虎啸，在漆黑的夜色中远远传来的时候，投宿在西溪佛慧寺的王穉登，仿佛听到了老虎在空寂的走廊上缓缓前行时发出的沉重脚步声。一股难以遏制的恐惧感，在这位年方弱冠的小伙子心底不由自主地涌了上来。

这是发生在明朝嘉靖年间某个金秋之日的事情。那一次，王穉登陪同他的老师文徵明从苏州来杭州游玩，在这座与其家乡一道被誉为“上有天堂，下有苏杭”的城市里整整待了十多天。不过，令人意想不到的是，这对很有知名度的文人师徒，竟然在这么长的时间里一次西湖都没有去过，而是一直流连徜徉于西溪，将这片湿地的各处风景都仔仔细细地看了个遍。

王穉登是一位特别擅长描写生活细节的文人，他用细腻而灵隽的笔触，将自己在西溪的所见所闻记录在了文章和诗歌之中。譬如，在一篇《西溪寄彭饮之书》中，他为我们描写了这样的生动场景：他和老师乘着车坐着船，连续穿行在十八里山云竹霭之中，一路的青葱碧翠，将他们的衣袂都染绿了。来到西溪的山坞，但见那一株株的大桂树，两个人合抱都抱不过来，而树下则铺满了桂花的落英，黄灿灿的好像洒了一地的黄金。山民们正拿着扫帚把地上的桂花收集起来，准备拿到集市上去售卖，据说每石的价格也只要去皮谷子的一半而已，真可谓是价廉物美啊！王穉登说自己往年曾去过绍兴，人们都说那里的风景特别好，可是这趟西溪之行，他感觉似乎要比绍兴更胜一筹。

那天，师徒二人慕名来到佛慧寺。这是一座有些老旧破败的寺院，殿前的空地上铺满了落叶，一口荒芜的池塘被厚厚的暮云笼罩着。虽然在这静谧的山中听不到一丝琴筑之声，但那十里长溪的潺潺流水声却令人受用无比。王穉登于是提笔写下一首《佛慧寺步玉泉听流水声》：

破殿相将落叶平，荒池惟有暮云生。
山中习静无琴筑，消受潺湲十里声。

这种空廖荒寂的景象，在很多人看来也许相当无趣，但对于王穉登和他的老师这样的文人雅士来说，却是一处非常难得的清幽境界。于是，当晚他们便在寺中留宿下来。

夜风渐起，吹动着满山的松林，发出箫管齐奏般的瑟瑟之声。那密密匝匝的竹丛仿佛一道绿色的围墙，隔断了说话的声音，世界仿佛在这一刻坠入了无边的寂静之中。就在这个时候，空荡荡的寺院走廊上隐约传来了老虎悠闲踱步的声音，一声犀利而悠长的虎啸声在夜空中骤然响起，惹得年轻的王穉登一阵心惊胆战。此番场景，也有他的一首《夜宿佛慧闻虎鸣》五言诗为证：

松籁似箫管，夜堂魂梦清。
投僧卧山霭，傍佛礼钟声。

竹密断人语，廊空闻虎行。
吾师不恐怖，惟有说无生。

老师毕竟是老师，就在毛头小子王穉登还在为突然而至的虎啸声受惊吓的时候，饱经风霜的文徵明却毫不恐惧，甚至还在气定神闲地讲述着“无生无灭”的道理。他还以《佛慧寺》为题，写了一首回应王穉登的七言诗：

法身曾趁木杯浮，又驾慈航月下游。
出世不求千岁药，泛溪长载一轮秋。
桂香飘处清禅梦，兔影低时歇棹讴。
物色由来总虚幻，何须重看海中沤。

诗中所呈现出来的那种充满禅理的超尘心态，再次印证了王穉登所称的“吾师不恐怖，惟有说无生”决非虚言。

———

王穉登与文徵明整整相差了六十五岁，但两人却气味相投，是一对心有灵犀的忘年师徒。

王穉登是明代著名的文学家，其字百谷（又作伯谷），号松坛道士、半偈长者、青羊君、广长庵主、广长闇主、长生馆主、解嘲客卿，先世为江阴人，后移居苏州。他四岁即能属对，六岁善擘窠大字，十岁能诗，是一位天赋异禀的少年才子。

至于文徵明，名气可就更大了。他原名叫文璧，因先世是衡山人，故号衡山居士，世称“文衡山”。文徵明是明代杰出的画家、书法家、文学家，诗、文、书、画无一不精，被时人称为“四绝”全才。其绘画鲜丽清雅、书法博飞专精，与沈周、唐寅、仇英并列为“吴门四家”；其诗文丰富多产，又与祝允明、唐寅、徐祯卿合称“吴中四才子”。他为人谦和而耿介，不事权贵，虽曾官至翰林待诏，但任职不久便辞官归乡，是一位极富才华，但又很有骨气的大文豪。

不过，跟自小聪慧过人的王穉登不同的是，文徵明是一个大器晚成的典范。据说他小时候生性迟钝，到了七岁还不会说话。但是，通过后天的不懈努力，文徵明最终还是成为一位大名鼎鼎的才子。

大约是在明嘉靖中后期，正值文徵明艺臻纯熟、声名正隆，步入辉煌暮年之际，初出茅庐的王穉登拜入其门下，成为文徵明的一位年轻学子。得此恩师指点，悟性极高的王穉登自然如虎添翼，诗艺由此大进，很快便名满吴门。

王穉登是一个热爱自然、热爱生活的风流才子，喜欢游历名山大川，也好状写日常生活的点点滴滴。杭州距离苏州不算遥远，湖山风光旖旎动人，王穉登自是早有耳闻。而喜欢寻古探幽的他听说杭州还有西溪这样一个僻幽之地，更是忍不住心驰神往。因此，他便找准机会，特意安排了十多天时间，随老师文徵明一道赴杭同游西溪。

西溪当然也没有让王穉登失望。在这里，他看到了一幅幅充满生活气息的山水田园图景：有荡舟而行的村妇，有以笋为食的山僧；有孕育千蚕的桑林，有蓄水养鱼的池塘；有夜不知归的牛羊，有朝夕相闻的鸡犬……点点滴滴的乡野美景，在王穉登的笔下汇成了一组《古荡》诗作，这五首精美的诗，勾画出了一个理想的家园，勾勒成了一个充满意境的桃花源：

湿地密林　蒋跃绘

一

路曲桥斜古树边，红妆小妇惯乘船。
闭门防虎不防盗，蓄水种鱼如种田。

二

蚕市村中半绿阴，溪流清浅乱山深。
租庸不乏丝千茧，伏腊惟消竹一林。

三

竹叶香醪莲叶舟，人家映带碧溪流。
冬培桑柘春来采，夜放牛羊晓不收。

四

村妪家家帛御寒，山僧日日笋供餐。
闾阎误认为秦地，鸡犬何曾识汉官。

五

曲水带云林，鸠鸣绿树阴。
藕坡鱼百石，蚕市茧千金。
钟出花宫近，舟行翠霭深。
秦源今不娱，更拟后时寻。

———

西溪是一片充满情义的山水，这里见证过同僚精诚合作的故事，见证过兄弟齐心尽孝的故事，见证过夫妻恩爱相守的故事，也见证过挚友惺惺相惜的故事。而这一次，西溪山水又亲眼见证了王穉登和文徵明这对师生相携而行的故事。

一个风度翩翩的弱冠少年，和一位精神矍铄的耄耋长者，那么和谐地相伴而行在西溪青山绿水间。他们或随溪荡舟，或入寺礼佛；或作诗吟咏，或畅谈心得。不知道的人，还以为他们是祖孙二人呢。谁曾想到，这种亦师亦友的情缘，竟会在两位年龄相差了半个多世纪的师徒之间聚结得如此深厚牢固呢。

那日因在佛慧寺夜宿而引发的师徒二人的诗歌创作，既体现了师徒之间意气相投的默契，也呈现出了两种不同的人生境界。作为学生的王穉登，当然也从老师文徵明的那首《佛慧寺》中学习和感悟到了不少人生真谛。因此，对于这荡涤心灵的地方，王穉登充满了留恋。当他们结束西溪之行即将离开之际，他专门为该寺住持题赠了《别佛慧寺性印》小诗一首：

黄面沙弥缘发根，水田衣上雨花痕。
生公在日曾相识，送别依依过远村。

作为一名沉浮于俗世的文人才子，难免受到功名利禄、男女情缘等的困扰，而尘外的西溪却让他寻到了心灵上的莫大安慰。因此，回到苏州后，王穉登对于这趟师徒同游的佛慧寺之行仍是念念不忘，又提笔写下一首意蕴绵长的《佛慧思归作》：

苔覆空廊叶覆阶，松沉青霭石沉霾。
寒灯夜入云中宿，香饭朝分竹下斋。
苏晋逃禅长酩酊，支郎谈理半诙谐。
归朝只有佳人数，敲断花前碧玉钗。

王穉登与西溪的深厚情缘由此建立起来。此后，他经常从苏州远行而来，在西溪的清溪蒹葭间释放情绪、涤荡心灵，在佛慧寺的堂前院内回忆恩师文徵明对自己的谆谆教诲。当佛慧寺的白业堂建成之后，他还应该寺方丈朗公之邀，推荐好友王世贞撰写了《佛慧寺白业堂

西溪的老树　蒋跃绘

记》。

嘉靖三十八年（1559），王穉登的恩师文徵明逝世后，年仅二十四岁的王穉登传承老师的遗风，带领一帮后起之秀重整旗鼓，执掌吴中文坛三十余年，被时人称为“文徵明第二”。万历十四年（1586），他曾与王世贞、屠隆、汪道昆、汪道贯、汪道会等在杭州共举“南屏社”。万历二十二年（1594），王穉登被召入宫撰修国史。能够参与官修国史这样的大事，既是对其专业学术的充分肯定，也是对其社会名望的高度认可。如果此时的文徵明在天之灵有知，一定也会为爱徒所取得的成就感到欣慰吧。

君住东山我住西

中国古代的文朋诗友之间，常常会通过诗文唱和的方式进行交往。这是文人之间切磋交流诗文技艺的一种极其实用的实践形式，更是文友之间沟通心灵、增进友谊的一种特殊方式。所以，在历史上，这种相映成趣的诗文唱和可以说是不胜枚举，屡见不鲜。但是，像明代诗人蒋灼与田艺蘅这样乐此不疲地用诗文你来我往、频繁相赠的忘年之交，却也是不多见的。

蒋灼，字子久，号方台，明代钱塘方山人。他工诗善书，性情随意，安于清贫，热衷吟咏，是一位懂得享受生活的文人。据说其住处栽有两株古梅，枝繁叶茂，相依而生，恰似他与哥哥蒋炳、弟弟蒋爚的关系一般，相亲相敬、分外友爱。清代藏书家丁立中曾作诗《蒋村怀蒋子久》缅怀这位安贫随性的诗人：

咫尺南苕自往还，蒹葭深处掩柴关。
也如蒋翊开三径，喜与田光聚一湾。
诗笔纵横峰起伏，画图点染石斑斓。
棹歌欸乃归来晚，笑指渔灯隐约间。

田艺蘅，字子艺，号品岩，明代钱塘万岁里人。其生父田汝成是家中第二子，田汝成的大哥田汝登无子，按照当时的“立后”风俗，作为家中长孙的田艺蘅就被过继给了伯父田汝登。田艺蘅虽比蒋灼整整小了两肖，但同样工诗善书，而且还异常博学广闻，对天官、舆图、兵法、医卜、外典等均有涉猎。其为人诙谐豁达，性情疏直，不善媚人，嗜好茶酒，整日放浪西湖，流连于声乐、妇女、狗马、剑鞠、掷博之事，是一个今朝有酒今朝醉，特别崇尚享受当下的人。有趣的是，性格奔放的田艺蘅与安贫养性的蒋灼虽然个性迥异、年龄悬殊，却是情谊甚笃、格外投缘，两人诗文唱和、叠韵不休，深厚的友谊足足维持了几十年。

万岁里就在如今的余杭良渚田家角一带，距离方山其实不算太远。但因田艺蘅与蒋灼的交情十分深厚，为了方便往来、叠韵唱和，田艺蘅索性迁居到了与方山一步之遥的寡山，做了蒋灼的邻居。他在《社中寄子久》一诗中写道：

君住东山我住西，烟霞在在足幽栖。
鹿儿鹤子于人熟，柳叶梅花与屋齐。
弹剑秋风同鹫岭，垂纶夜月有苕溪。
殷勤杯卷能相接，为爱桃源路不迷。

田艺蘅迁居寡山后，建起了一处别墅，包括了品岩和寡山书院两部分。品岩是一个天然形成的山洞，田艺蘅在诗文中称之为“小小洞天”“白云山房”。寡山书院又称“田子书院”，与品岩连成一体。田艺蘅常在他的别墅里呼朋唤友，吟诗聚会。当然，往来最为频繁的座上宾肯定是非蒋灼莫属了。

那一日，有朋自远方来，尽管天公不作美，但蒋灼还是兴致勃勃地赶到寡山，陪同张子玉等访客一同游览了田艺蘅的品岩。瓢泼的大雨丝毫未能阻挡众人的雅兴，蒋灼当场赋诗《雨中同张子玉游子艺品岩》，诗曰：

秋山虽自好，谁肯雨中游。
载酒怜佳客，沾衣经几丘。
歌筵云正遏，琴室水还流。
欲借渔蓑去，烟波理钓舟。

田艺蘅则以《酬子久兼别张、王二君子》相和：

一苇许同杭，宁为暴雨妨。
乱流侵木屐，凉吹薄蓉裳。
山水真吾事，乾坤几醉乡。
达人良不谬，斯乐信难常。

———

其实，蒋灼最早是与田艺蘅的生父田汝成交好的。他们都是钱塘人氏，且年龄相仿，起先又同为诸生，皆才华横溢、工诗善书，能够成为好友也是天经地义的。那为什么之后，蒋灼反倒是跟田汝成的儿子田艺蘅过从更密了呢？

原来，这两位钱塘才子的个性与志向并不怎么相近。蒋灼的性情比较散漫随意，他钟情山水、安贫乐道，喜欢在大自然中吟咏自娱、修身养性，对于官场仕途则是没有什么兴趣。作为蒋氏后裔，他一直居住在西溪蒋村，对这片乡野田园充满了眷恋。即便后来移居到方山，那也是山清水秀，自然风光十分幽僻的地方。最重要的是，当时的方山仍属于大西溪的范围，也就是说，蒋灼虽然搬了家，但其实并没有离开过西溪。

〔清〕张照兰《西湖十二景图之西溪探梅》

西溪探槑
小岑司馬大人屬并請
鑒政
香泉張炤蘭寫

而田汝成的情况跟蒋灼正相反。钱塘田氏是西溪望族之一，出身于书香世家的田汝成自幼继承家学，聪颖敏达。他不仅写得一手好诗文，而且科考也非常顺利。二十三岁那年，他考中进士，被任命为南京刑部主事，从此离开杭州、离开西溪，走上了辗转异地的从政之路。他先后在南京、广东、滁州、贵州、广西、福建等多地任职，虽然依旧那么热爱诗文，与蒋灼的友谊也并未因距离而中断，但毕竟无法经常会面，自然也就少了一起游山玩水、吟咏诗歌的雅兴和机会。

可田汝成之子田艺蘅的科考之路就没有亲生老爹那么顺利了。这个从小警敏，七岁便学易经，九岁能通诗史的少年，十岁起就跟随父亲游历姑苏、滁州、金陵等地；十五六岁时，更是南游楚、逾五岭、骖鸾八桂，可谓见多识广、博学多才。十七岁那年，田艺蘅便补学官弟子员，本以为会像父亲那样顺利踏上从政之路，谁承想运气却偏偏背到了家，连续参加了七次乡试竟然都没考中。所幸田艺蘅的性情高旷磊落，屡试不中的打击对他也并没有太大影响。这个淡泊人生的性情中人，干脆幽居山中，过起了一种随心随性的潇洒生活，他挥洒诗文，纵情吟咏，他品茶醉酒，风流快活，成了一位彻底自我解脱的逍遥文人。他的一首《山中》，便记录了当时的这种状态：

避俗非遗世，无材合背时。
独居如我僻，幽事与心宜。
暮雨喧茶臼，秋山落研池。
临风闻伐木，犹自动遐思。

田艺蘅的这种状态，倒是正好与蒋灼十分契合。于是，这位跟好友田汝成无缘一道游山玩水、吟咏诗文的蒋灼先生，就自然而然地与好朋友的儿子走到了一块。他俩经常结伴出游，在不断的诗文唱和中结下了深厚的友谊。

比如，田艺蘅邀约蒋灼做客白鹤山上的宝林别业，还赋诗《游东莲寺小集宝林别业同子久作》一首：

不必烦君荷酒来，村庄鸡黍薄能陪。
青莲遥访荒山寺，白鹤同登古石台。
卜筑偶逢僧好事，和歌兼喜客多材。
时危世弃常思隐，处处松筠手自栽。

蒋灼欣然应邀，与田艺蘅游罢东莲寺，又把酒言欢，赋诗《答赠一首》：

九天白鹤去迢遥，万壑青松伴寂寥。
落日遍来寻古寺，飞云犹自护重寮。
樽前漫对山人酒，林际堪悬处士瓢。
常羡游岩占幽胜，烟霞余癖未全消。

而田汝成告病还乡之后，则终日盘桓湖山，穷浙西诸名胜，把精力全都倾注在了《西湖游览志》《西湖游览志余》的撰写上。因此，蒋灼与其的交往，自然就远远不及跟他的儿子田艺蘅来得密切了。

田艺蘅生性豪迈，每当有倭寇前来骚扰乡民，他就会自发组织义民保障乡里。每每议论时事，他也是慷慨激昂，敢说一些别人不敢说的话。嘉靖三十四年（1555），倭寇经临平逼近余杭，田艺蘅奋勇赶往瓶窑守卫。作为挚友的蒋灼，对好友的这番义举自然赞赏有加，遂作诗《闻田子艺御倭寇于瓶窑往访南山寺》加以褒赞：

溪上悠悠鼓角闻，知君已守北乡营。
雨深客路曾分袂，夜静辕门独请缨。
访旧偶从萧寺过，移尊还对竹堂清。
相看况有参军在，好让穰苴奕世名。

蒋灼与田艺蘅的友谊，足以让许多文人雅士都望尘莫及。田艺蘅创作《煮泉小品》一书，蒋灼为之题跋；田艺蘅刻印《田叔禾小集》，蒋灼又为其作序，推赞之心溢于言表。

而田艺蘅对蒋灼也是感怀备至，关怀有加。他十分热衷于修道，为此曾不辞辛劳采摘仙草，当他在黄泥岭上采得三枝野生灵芝，立即将其中的一枝赠送给了蒋灼。听说蒋灼得了病，又马上送去自己用草药制成的丹药。对于这份特殊的友情，蒋灼自然倍加珍视，他当即写诗相谢，盛赞田艺蘅的丹药比仙人的云母屑和帝王府中的水晶盐还要好：

君能炼石如霜雪，五月飞琼破晓炎。
不让仙人云母屑，绝胜御府水晶盐。

嘉靖四十年（1561），蒋灼与田艺蘅应邀一起参与了《嘉靖浙江通志》的编纂工作。这一年，蒋灼已是六十一岁的花甲老人，而田艺蘅才三十七岁正当年。共同的工作使他们的接触更加频繁，深厚的友情也由此更加牢固。他们一起走遍了杭州周边的山山水水，留下了许多山鸣谷应的诗文。例如，在考察和游览白鹤山后，田艺蘅作诗《招子久辈饮仍约游白鹤山房》：

东舍西邻一径通，相招何必费诗筒。
黄花老去三秋节，紫蟹新来十月雄。
庭叶不堪飞乱雨，客怀争忍唱回风。
明朝好蜡登山屐，白鹤峰头看落红。

蒋灼当即赋诗《酬子艺招饮仍约有白鹤山之作》相和：

烟花三月　蒋跃绘

一乡世谊已如兰，十月芳盟况未寒。
红树忍令秋独醉，黄花留待客同餐。
为怜长夜重烧烛，欲唱回风更上欢。
明日峰头招白鹤，共寻清影上六端。

那年，田艺蘅从开春起，就多次邀请蒋灼一起去游览方山。可近在咫尺的风景，反倒因太过方便而常常容易被耽搁。一天，蒋灼好不容易下了个决心要跟田艺蘅同行，没想到又突然来了客人不得不招待，弄得他满心失望。无奈之余，他只好赋诗《子艺约余登方山以客至趣归怅然有作》，聊遣心头的失落：

共有登山兴，君来自启扉。
忽闻杜宇至，催唤故人归。
展卷还临枕，呼儿更卸衣。
花飞莺已老，无那一尊违。

这一拖二拖，便拖到了秋天。当他们终于成行的时候，蒋灼的开心劲儿可就别提了。于是，他又欣欣然赋诗《春时子艺约游方山，至秋始得登览》：

底事看山兴即休，春盟寒尽复经秋。
蹉跎日月真成梦，咫尺林泉亦暂游。
清酒似冰须痛饮，碧云如火正西流。
晚凉更好寻归路，明镜团团欲满楼。

类似这样的记录俩人同游共醉的诗文还有许许多多，譬如田艺蘅约蒋灼同游西溪龙门山，有诗《暮秋屏居寄讯子久龙门山之约》以记之：

屏居二十载，那敢怨明时。
况遇秋风暮，非关宋玉悲。

却怜同病者，曾订远游期。
欲作登高会，南山何所之。

癸亥春，他们跟朋友在一起赏月饮酒，田艺蘅又作诗《四月十七望夜与子久诸君子玄楼玩月》，诗云：“莫辞通夕醉，群玉正翱翔。”这一年的端午节，田艺蘅又和蒋灼父子在翠交亭聚会饮酒，写下了《端阳醉中喜蒋子久、昆季父子携酒过访，遂同季禾家叔燕集翠交亭》一诗，诗中说：“五日正修菖歜会，七人重举竹林杯。”将此次聚会比作了魏晋时期的“竹林七贤”相聚。

文人唱和，偶尔为之不足为奇，但像蒋灼与田艺蘅这样唱和了一辈子，事无巨细地将每次交往的情境都像日记或者书信这样记录下来的，恐怕也是绝无仅有的了。在他们这种记录交游的诗文唱和中，我们分明能够感受到一种只有在心灵相通的朋友间才有的情谊与默契。

纯孝终身感至诚

清朝末年一个风和日丽的秋日，钱塘诸生程世勋赴西溪欣赏风景、感怀先人。在游历了交芦庵、谒拜了厉鹗墓后，陪同其一道游览的友人见天色尚早，便手指西方对程世勋说："前面不远处有一座风木庵，里面住着一对大名鼎鼎的孝子，有没有兴趣去拜访一下？"

"大孝子？"程世勋的好奇心果然给激发起来了，他忙问道，"是谁呀，还是大名鼎鼎的？"

"八千卷楼主丁丙、丁申。"

友人此言一出，程世勋当即来了兴趣："噢，原来是大藏书家丁氏兄弟呀！不过据我所知，丁氏兄弟的八千卷楼应该坐落在杭城市心的头发巷啊，他们怎么会住到这么偏僻的市郊庵庙里来的呢？"

友人闻言，笑道："哈哈，这风木庵可不是庵庙，而是丁氏家族的祖祠，你待会儿亲眼看看便知道了！"

提起丁氏家族，那可是赫赫有名的武林甲第、浙水名家，有悠久的藏书渊源。其先世丁顗乃北宋著名藏书家，共搜集藏书八千卷，并且修建了一座名为“八千卷楼”的大房子，专门用来收藏图书。到了清末，丁氏兄弟的祖父丁国典特别仰慕先祖，于是效仿丁觊的做法，在杭州梅东里也修建了一座藏书楼，还专门邀请钱塘书法家梁同书题写了“八千卷楼”的匾额。丁氏兄弟的父亲丁英，也传承了良好的藏书家风，每每遇到秘籍便倾囊购入，使“八千卷楼”的藏书日渐丰盈，达到了数万卷之多。

到了丁丙、丁申手里，志同道合的兄弟俩更是承续祖风，专注于藏书。他们敝衣粗食，就连出行也从不乘车坐轿，过着十分节俭的生活。却不惜耗费巨资，倾尽所有，朝蓄夕求，将“八千卷楼”发扬光大。经过近二十年的搜集和积累，终使“八千卷楼”的藏书量达到了八万卷之多，一举跻身清末四大民间藏书楼之列。

因此，在晚清的江南一带，只要提及钱塘丁氏兄弟，可以说是无人不知无人不晓的。而让程世勋没有想到的是，这丁氏兄弟不仅藏书了得，竟还以孝道闻名，这不禁令他肃然起敬，前往谒见的愿望就变得更加迫切了。

程世勋随友人一路往西，约摸行进了数里，来到了一个叫作石人坞的地方。这是一个幽静的山谷，四周山峦环抱、林木葱翠；山谷内村居错落，桑麻交替，一派悠然的田野风光。

忽然，在绿树掩映的小道旁出现了荆扉静掩的小屋数楹。友人告知程世勋，这便是风木庵了。

程世勋抬眼观望，不禁心中暗叹：西溪素以庵棚诸多而著称，但大多数都是建在水边或水中央，而这风木庵竟是筑于山坞之中，果然与众不同。

思忖间，他已趋步上前，轻叩大门。有仆人闻声出来开门，问明事由，便回身禀告主人有客来访。

少顷，即有两位神情沉稳、衣着朴素的男子出来相迎。通报姓名后，正是丁丙、丁申二人。在兄弟俩的热情引导下，程世勋移步漫行，饶有兴趣地参观了风木庵。

此庵共有三进院落，第一进门前卧着一对石虎，门上镌刻“竹苞”和“松花”篆体大字，两旁有一副对联，上书：“家藏八千卷，门临七二峰。”“家藏八千卷”，点明了丁氏家族的藏书家风；而“门临七二峰”，则道出了风木庵被宛如孝子奉亲的七十二贤人峰围环列侍的特殊地理位置。

跨进风木庵的第二进门，便是一排三开间的平房，房前有池塘天井，庭中有古木数本，苍翠欲滴，风来作波涛声；再入第三门，还有一幢五开间的二层楼房；在二进与三进的左右两边，均有厢房连接。各处建筑功能齐全，分别以松梦寮、友梅轩和息影庵命名，不仅可居家守孝，还可藏书、礼佛，修身养性。

那番场景，全记录在了清末文人邹在寅的诗作之中：

法华坞转西溪风，梵隐精蓝三十六。
中有孝子屋三楹，如以稻粱比珠玉。
出世离俗披袈裟，面壁木石坐结跏。
何若家中供养佛，刻木定省参香花。

尽管整个风木庵功能颇为齐全，但屋内的布置却极为朴陋。况且这里又地处偏僻，生活远不如市井便利。

西溪正午　蒋跃绘

程世勋便忍不住询问两兄弟，缘何要居于此地。

“丁家的祖墓就在这里，我们的父母过世后也安葬于此，所以不忍离开啊！”丁氏两兄弟颇为动情地说，“咱兄弟俩自幼不才，为了生计，父亲终年往来于燕齐晋豫，几乎没有一天清闲的日子。我们的母亲料理家务之余，还要督促我们学习，也是没有一刻的空闲。如今，我们兄弟虽已成人，但未及尽孝，父母都已撒手人寰，真是抱恨终生哪！看到别人家都能好好孝敬父母，我们怎么还敢心安理得地久居在市井之中？所以从今往后，只要一有时间，我们就要守在这里尽孝！”

的确，从清咸丰元年（1851）起，弱冠之年的丁氏两兄弟便开始在西溪修筑庐墓，并常年在此守孝。在历经了前后十年的持续建设后，终于筑成了格局完整的风木庵。

听了丁氏兄弟一番情真意切的介绍后，程世勋十分动容。他当即撰写了一篇《风木庵记》，尽述自己对丁氏兄弟一片孝心的感慨与敬佩。

程世勋慕名造访风木庵，不过是当时众多文人雅士深受丁氏兄弟孝心感染的一个小小事例。而一幅《风木庵图》的风行，更是激发了众多名士对丁家孝道的颂扬。

这幅《风木庵图》最初是由清末才女黄韵珊创作的，后来在一场火灾中化为灰烬。所幸的是，黄韵珊的这幅图曾深得清末海上画派代表张熊的欣赏，在黄图付于劫灰之前，他就复订此稿，画出了第二幅《风木庵图》。张熊的画作不仅流传极广，而且和者如云，引发了一大

風木盦圖題詠序

伊昔蘭鐫木刻事死宛如事生密結墓廬至性發爲至孝看華表柱頭之月令威曾化鶴歸來訪楓橋里畔之居祥公且名駒馳譽家聲所著今古同稱世德作求後先媲美蓋丁氏本武林甲第浙水名家而竹舟松生兩先生又復棣華競爽荊樹齊榮親在仁親孝乎惟孝感椿庭之早逝痛抱憾萱蔭之旋彫悲深陟屺椎牛而祭究何補於生前繪象能精亦聊盡乎子職樹欲靜而風不停子欲養而親不逮千秋恨事萬衆同悲爰拂松烟靜揩楮葉寫盡皋魚血淚

風木盦圖題詠序　一

《风木盦图题咏》书影

波借景抒怀、讴歌丁氏兄弟孝道的诗文创作热潮。譬如，当时的文人官员和社会名流邹宝僡、范樾、李学祖、柳商贤、何春旭、金凤藻、吴庆坻、吴庚生等，均以此图为题，或序或记，或颂或赞，写下了一批饱含真情的溢美文字。

当然，因观《风木庵图》有感而发，赋诗相和者也不在少数。比如，清末国学大师俞樾就曾作诗记述这段过往：

孰不思其亲，难在终其身。
是以五十慕，惟有古圣人。
双丁武林彦，孝友何彬彬。
自抱风木痛，悬历数十春。
即此一幅图，亦有旧有新。
劫火已煨烬，丹青仍璘斌。
可见终身慕，无间昏与晨。
所嗟伯氏亡，殊伤仲氏神。
风木既茹痛，风雨重霑巾。
每逢风雨夜，独坐长悲辛。

在晚清书画家戴有庆的心目中，人间至孝，胜过梵修。因此，他也专门作诗称赞丁氏兄弟：

溪上三间不系舟，惊心木落四山秋。
闭门读礼好兄弟，此是家修非梵修。

杭州文人黄学渊对丁氏兄弟的情况比较了解，对于他们驻守风木庵及尽孝道的做法更是欣慕有加，因此作诗盛赞道：

人生有贤愚，惟孝根天性。

〔清〕张熊《风木盦图》

畴无风木思，皋鱼表遗行。
双丁好兄弟，居家亦为政。
楹书八千卷，校读丹黄竟。
口泽懔怀棬，头衔谢车乘。
怡怡守一庐，刻木补温凊。
孺慕终其身，乃以古为镜。
木落无还枝，来岁荫仍盛。
雨露三春濡，终有逆风劲。
作图寄孝思，空谷声相应。

在众多褒扬丁氏孝道的文字中，最令人动容的，当属著作颇丰的清末建德知名文人胡念修的诗作。当时，他刚痛失双亲，整日沉浸在悲伤之中难以自拔。一个偶然的机会，他有幸见到《风木庵图》，得知了钱塘丁氏兄弟守墓庐于西溪风木庵的故事，感佩之余，和诗抒怀道：

双丁日下擅清名，纯孝终身感至诚。
历劫重瞻新庙貌，披图犹慕旧形声。

湿地上的银杏树　蒋跃绘

飘风欲报蓼莪德，刻木常存杯棬情。
我亦鲜民长抱恨，诗成涕泪已纵横。

———

作为清末著名的藏书家，丁氏兄弟为人称道的事迹，当然不仅仅只局限于他们的“纯孝终身感至诚”。他们为抢救和保存文澜阁《四库全书》殚精竭虑、无私奉献的功迹，更是令人敬佩不已。

事情还要从咸丰十一年（1861）说起。这一年的12月，太平军攻占杭城，市内乡绅纷纷出城避难。此时风木庵也正好在西溪正式建成，为了保存家藏之书免遭战火涂炭，丁氏兄弟便将八千卷楼所有藏书悉数转移到了风木庵中。而素有“江南三阁”之称的文澜阁却未能幸免于难，所藏的《四库全书》在战火中大量散失。

一天，丁氏兄弟到附近的留下集镇购物，偶然发现商贩用来包裹食物的纸，竟是《四库全书》的书页。丁氏兄弟震惊之余深感痛惜，当即四下搜寻，找到了数十册。为了将更多流散民间的《四库全书》重新收集起来，他们用高薪征召了几个胆子较大的人，深夜潜入杭城孤山，又从文澜阁的瓦砾灰烬中抢救出了一大批残书，运到西溪，暂存于风木庵内。

然而，这些好不容易抢救回来的书籍，也不过只是文澜阁所藏之《四库全书》的十分之一。为了将更多的散失书籍搜寻回来，兄弟俩又砸下重金，通过杭州书商周京以收购字纸名义广泛搜觅阁书残帙，仅用了半年时间，就抢救了近9000册《四库全书》的阁书原抄本。为了确保这些珍贵的藏书不再遭受厄运，丁氏兄弟又亲自出马，用船绕道绍兴、宁波，再走海路把书运到了当时

〔清〕杨复《文澜归书图卷》

〔清〕无款《文澜补书图卷》

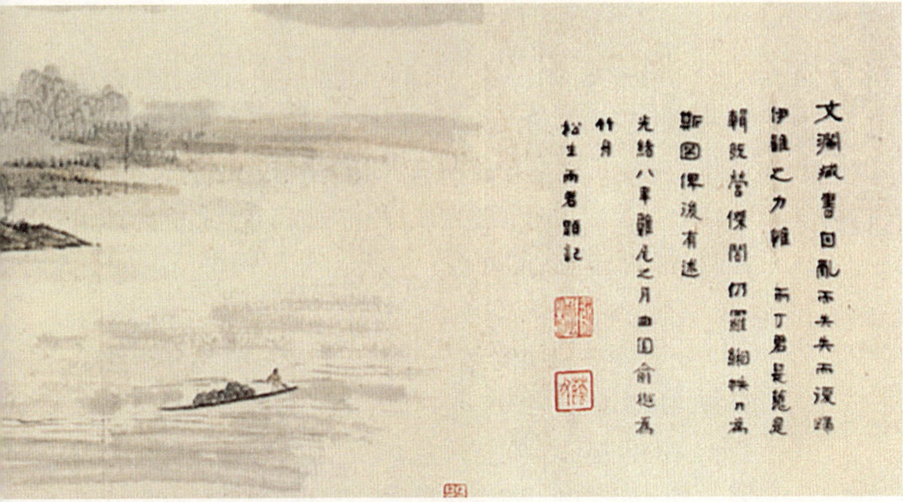
文瀾閣書回亂不失失而復歸
伊誰之力維 丙丁君是賴是
輯既營復閣仍羅緗帙乃成
斯圖俾後有述
光緒八年
之月四日俞樾為
竹舟
松生兩君題記

相对安全的上海。为了保护这批失而复得的阁藏图书，丁氏兄弟不得不暂时离开西溪，离开了他们驻守尽孝的风木庵。

同治三年（1864），清兵收复杭州。在上海避居了三年的丁氏兄弟，这才带着他们竭力守护的书籍回到杭州，将这批图书存放在了杭州府学尊经阁。光绪七年（1881），文澜阁修复完成，由丁氏兄弟抢救回来的阁藏图书全部运回入藏。

为了补齐缺损的部分阁书，丁氏兄弟又开始着手补抄缺损书籍的庞大工程。他们拿出家藏珍本，以千字四十文的价格雇人在杭州东城讲舍补抄，并向宁波天一阁、湖州皕宋楼、南海万卷堂、长沙卧雪庐，以及杭州的汪氏振琦堂、吴氏清来堂、孙氏寿松堂、朱氏结一庐等数十家藏书楼征求藏书作为补抄底本，先后抄录全书和抄补残帙 3396 种，耗资五万一千银元，终使文澜阁所藏之《四库全书》基本恢复了原貌。

斗转星移，岁月轮回，历史的车轮訇然向前，而丁氏兄弟为家为国的种种佳绩却永久留存下来，传为佳话。作为远近闻名的大孝子，他们秉承家传，恪守礼仪，为先辈筑庐守孝的一片孝心感天动地；作为声名显赫的藏书家，他们更是心怀大义，呕心沥血，为传承中华文化作出了不可磨灭的贡献。

与子同归宿

明万历三十四年（1606），聪明贤惠的仁和（今杭州）小才女顾若璞出嫁了。这位年仅十五岁的新娘，是晚明上林署丞顾友白的千金。说起这顾家，那可是一个诗礼传家的名门望族，自高曾祖父顾沧江始，至曾祖顾西岩、祖父顾悦庵再到父亲顾友白，可谓是四世皆有文名。出生在这样的一个书香门第，顾若璞自然是幼承家学，加之其天生聪颖，尤娴诗文，自经史百家及本朝典故无不贯通，故深受当时文坛人士的推崇，被视为西泠闺秀诗坛之冠。

那么，有幸迎娶这位西泠才女的幸运新郎究竟是谁呢？他便是顾若璞的同邑贡生黄茂梧。跟顾若璞一样，黄茂梧也出身于名门之家，其父黄汝亨为明万历二十六年（1598）进士，不仅官至江西布政使司参议，而且能文善书，是明朝一位杰出的书法家、文学家。黄茂梧虽然体弱多病，但也是一位颇具诗文才华的读书人，拈韵赋诗，无所不能。

背景出身都颇为相似的这对才子佳人，在众人眼中自然是郎才女貌、门当户对的天作之合。事实上，顾若璞和黄茂梧确实是一对十分恩爱和谐的夫妻，他们有很多共同语言，经常在一起出游共赏，吟诗唱和，可谓是夫唱妇随、情投意合，过得相当幸福。

那是多么快乐的一段时光啊，这对沉浸在浓情蜜意中的小夫妻，常常流连徜徉在美好的大自然中，用婉转美妙的诗句，将他们生命中最美好的时光一点一滴地记录下来。这其中，最受夫妻二人青睐的地方便是西溪了。他们携手穿行蒹葭，泛舟河渚，寻梅访友，酌酒品茗，赋诗作词，吟咏唱和，不知羡煞了多少旁人。

置身在古梅深竹环绕的二月西溪，他们乘着小舟逶迤驶入西溪深处，望着晴雪残英和暮日飞云，还有在船头翱翔的飞鸥，这对才子佳人不禁诗兴大发。黄茂梧首先写了一首《西溪落梅》，其诗云：

短棹承飞鸥，引我西溪曲。
溪路何潆迂，古梅映深竹。
二月雪始晴，春风吹簌簌。
翠嶂落寒香，相对眉发绿。
日暮憺忘归，抱影和云宿。

才情满怀的顾若璞亦作一首《和夫子西溪落梅》，与如意郎君深情唱和：

迤逦入西溪，溪流深几曲。
断岸挂鱼罾，茅檐覆修竹。
翠羽何啁啾，满林香扑簌。
晴雪飞残英，坐爱倾蚁绿。
鹿门迹未湮，与子同归宿。

顾若璞不仅与夫君黄茂梧同游共赏，歌咏酬答，尽显浪漫情怀，在生活中，她也是处处关心体贴着自己的丈夫。黄茂梧连续参加科举考试，意图承继父业、振兴门楣，无奈运势不佳，屡试不第。望着神情低落的丈夫，顾若璞柔言细语地开导丈夫，并作《慰夫子副榜》一诗进行安慰。其诗序曰："夫子盖两战棘闱矣，万历壬子，大为分较所赏，得而复失，不免作牛衣中人也。乃强起酌卮，酒歌一解以劳之。"诗云：

桂陌拂拂香生风，栏干渑翠围青桐。
中有才人寄灵迹，玉齿迸雪声摩空。
十年携书呕心血，突兀五岳摇群峰。
……
苏君万言真奇伟，落魄归来心不悔。
六国君侯拜下风，锦屏绣帐门如市。
且尽君前一杯酒，蛟龙雌伏岂常守。

顾若璞借用苏秦的典故，十分贴心地勉励丈夫不要气馁，并用充满豪迈的诗歌语言激励丈夫重新振作，以图他日东山再起。人生得此知己般的爱妻，黄茂梧何其幸也。

然而，天有不测风云，人有旦夕祸福。万历四十七年（1619），本就体质薄弱的黄茂梧忽然又得了一场大病。虽然顾若璞在病榻前须臾不离，精心照料，遗憾的是最终仍未能挽回心爱夫君的性命。至死仍未获取任何科举功名的黄茂梧，在爱妻顾若璞的声声啼哭中撒手西去。

这对琴瑟相和、相亲相爱了十三年的夫妻，从此天各一方，阴阳两隔。尽管此时的顾若璞还是一个正值二十七岁妙龄的女子，但她却以"未亡人"自称，下定决心终身不再嫁。

臥月軒詩稿

仁和顧若璞和知

和夫子西溪落梅

迤邐入西溪溪流深幾曲斷岸挂魚罾茅簷覆
修竹翠羽何啁啾滿林香撲簌晴雪飛殘英坐
愛傾蟻綠鹿門跡未湮與子同歸宿

擣衣篇

自惜盈盈十五餘不施粉黛嘆幽居忽驚流淚

清蔡殿齐辑《国朝闺阁诗钞》所载顾若璞《卧月轩诗稿》书影

多少个日日夜夜，黄茂梧的身影一直在顾若璞的眼前浮现，那无尽的思念化作绵延的泪水，一遍又一遍沾湿了的衣襟。她强抑着心中的悲伤，把亡夫之痛倾注在一首又一首充满悲戚的诗词之中。

她在《忆夫子》中这样写道：

情脉脉兮天黯澹，思漫漫兮山层层。
风骚骚兮灯明灭，月皎皎兮籁无声。
归空阁兮念畴昔，想所历兮涕沾襟。
抚衾帱而惝倪，翻贝叶以洗心。

她又在《感怀》中尽抒悲怀：

不堪愁病强搔头，二十三年感百忧。
却也不知方寸内，如何容得许多愁。

她还连作《自君之出矣》三首，来记录夫君离世后自己糟糕的生活状态：

一

自君之出矣，不理钗头玉。
思君湘水深，啼痕犹在竹。

二

自君之出矣，鸾镜不曾开。
思君如璧月，皎皎照妆台。

三

自君之出矣，罗幔月娟娟。
思君如络纬，辗转一丝牵。

岁月和时光在悄无声息中慢慢流逝，可顾若璞心中的伤痛却久久难以抚平。她每每见花落泪对月伤怀，就连美好的自然风景也难以化解其心头的创伤。当春风又起，柳丝重绿的时候，望着渔灯下的一对鸳鸯，顾若璞不禁又是愁肠寸断。她别无排解渠道，便只好再度提笔，写下又一首长歌当哭的《玉楼春·晚春三桥看月》

花飞锦带春波起，残月流辉明水底。
万珠灼烁照新妆，故掬嫦娥纤手里。
柳线牵烟轻重绿，渔灯高下鸳鸯宿。
无情花柳送归春，不管离人肠断续。

甚至，看到飘浮的飞絮，听到几声流莺的鸣叫，顾若璞心中那最柔软的地方也会被深深地触动。她在《长相思》中这样写道：

梅子青，豆子青，飞絮飘飘长短亭。风吹罗袖轻。　恨零星，语零星，正是春归不忍听。流莺啼数声。

而一首《忆王孙》，又让我们看到了一个痴情女子在黄昏中，听到对岸的乌鹊声声啼叫，被勾起心中无限悲凉的情景：

年年云锦织天孙，银汉无情劳梦魂。乌鹊声声隔岸闻，怨黄昏，烟锁琼楼月到门。

———

如果你读了那么多顾若璞深情怀念亡故夫君黄茂梧的诗词作品，就以为她只是个一味沉浸在悲伤抑郁的负面情绪之中的痴怨女子，那就大错特错了。事实上，顾

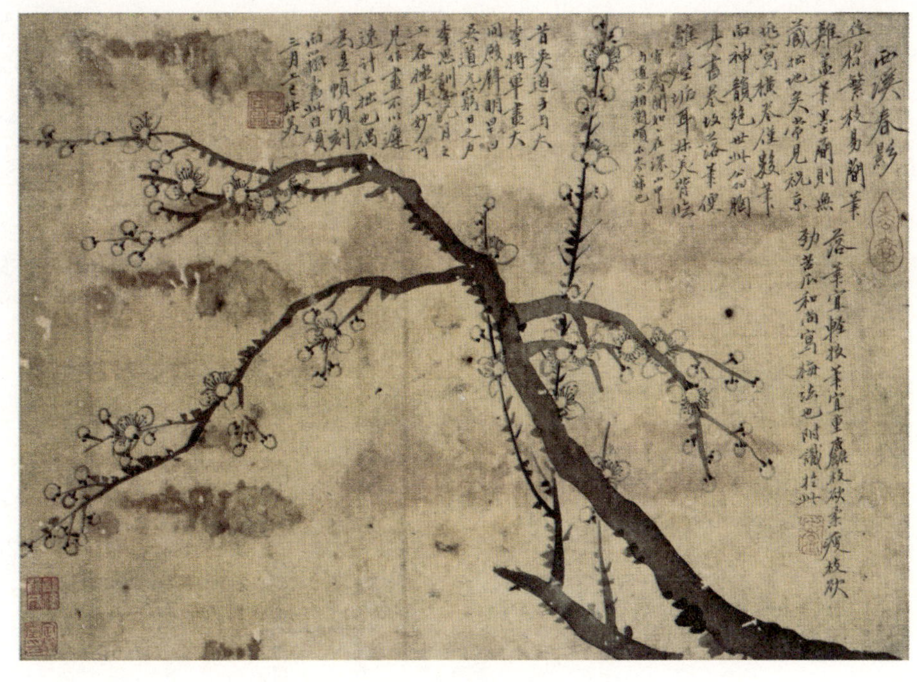

〔清〕钱杜《墨梅图之西溪春影》

若璞不仅是极重妇道的专情女子，更是一位懂得继承先夫遗愿，能够化悲痛为力量的励志人物。

前面提到，黄茂梧多次参加科举考试却一直未能如愿，至死也没有取得任何功名。顾若璞知道，这是夫君一生最大的遗憾，也是他临死前的心头之痛。因此，她暗暗发誓，一定要把两个儿子黄燦和黄炜培养成才。她曾在写给自己弟弟的《与胞弟》家书中这样写道："余日惴惴，惧终负初志，以不得从夫子于九京也。于是酒浆组纴之暇，陈发所藏书，自《四子》经传，以及《古史鉴》《皇明通纪》《大政纪》之属，日夜披览如不及。二子者从外传入内，辄令篝灯坐隅，为陈说我所明，更相率咿唔，至丙夜乃罢，顾复乐之，诚不自知其瘁也。"

为了教育好两个孩子，顾若璞真可谓是殚精竭虑。她利用操持家务的闲暇时间，取出家中藏书刻苦自学。在公公黄汝亨的帮助指导下，她从四子经传到史书文集，日夜披读，日积月累，终使自身学问日渐深厚，不但能教两个儿子学习，自己的诗文水平也突飞猛进，成为当时著名的女作家。

顾若璞教子慈严并举，尤其重视他们的学业。两个儿子从私塾老师那里学习归来，顾若璞还要让他们端坐于案旁，继续亲自为他们解说书中大义，常常会一搞就是一个晚上。她甚至还专门为孩子们在断桥边修造了一艘读书船，并作诗《秋日为两儿修读书船泊断桥作》。其诗云：

闻道和熊阿母贤，翻来选胜断桥边。
亭亭古树流疏月，漾漾轻凫泛碧烟。
且自独居扬子宅，任他遥指米家船。
高风还忆浮梅槛，短烛长吟理旧毡。

由于顾若璞教导有方，黄燦、黄炜成年后均成为诸生。而顾若璞本人也因专情先夫、孝侍姑舅、严训子孙、诗文出众，在西泠传为一时佳话。“西泠十子”之一的孙治就曾赞曰：“顾夫人之节行文藻，炳乎与班氏同风。”

第三章

气节耀西溪

不畏浮云遮望眼

那是宋仁宗皇祐二年（1050）夏的一个清晨，天刚蒙蒙亮，在西溪之南灵隐北高峰的蜿蜒山道上，就不时地传出阵阵不紧不慢的脚步声。一位面色黝黑、气宇轩昂但又不修边幅的壮年男子，在当地向导的陪同下，穿过茂密的山，林朝着山顶健步攀登。

“此山缘何名曰飞来峰？”男子一边喘着粗气，一边望向近处那座嶙峋的石岭问道。显然，他已将脚下的这座山峰与毗邻的那座石岭混为了一谈。

向导却并未在意，笑笑说：“哦，因为民间传说，这座山峰是从西方的天竺国飞来此地的。”

“原来此山是从天竺飞来的，有意思！”说话间，但见一轮红日从东方冉冉升起，刹那间，道道金色的光芒穿林透雾，洒向岭北青葱氤氲、烟波缥缈的广袤西溪。登上山顶的中年男子见此景象，喜不自禁地深深吸了一口清新的空气。

“真是一片人间福地呀，这么早就能见到日出了！”男子捋了捋短髭，望着山下薄雾渐渐散去，点点金光如鱼鳞般不停闪烁的西溪，情不自禁地感叹道。

“这已经不算早了！”年轻的向导摆了摆手，“此山原本有座高塔，是唐代天宝年间建造的，据说鸡鸣时分登上塔顶，便可见日出了。”

闻听此言，男子不禁浮想联翩。是啊，当一个人身处在最高的地方，就根本不用再畏惧飘浮的云朵会遮住远望的眼界了！

涌上心头的无限感慨，顿时化作了一首意境高远、尽显豪迈的七言绝句《登飞来峰》：

飞来山上千寻塔，闻说鸡鸣见日升。
不畏浮云遮望眼，自缘身在最高层。

这位触景生情、才思泉涌的男子，就是被后世誉为“唐宋八大家”之一的北宋著名政治家、思想家、文学家和改革家王安石。此时，初涉宦海的他正值浙江鄞县知县之职任满，在回江西临川故里的过程中途经杭州，写下此诗。此时的王安石正当而立之年，怀着一腔远大的抱负，正好借登飞来峰一抒胸臆，表达宽阔情怀。此诗因此可视为其推行新法的前奏。

———

王安石出生于江西抚州临川的一个官宦之家，他天资聪颖，酷爱读书，小小年纪便过目不忘、落笔成章。其父王益曾任临川军判官，王安石深受家庭的良好熏陶，自幼养成了勤奋刻苦的学习精神和忧国忧民的远大胸怀。北宋景祐四年（1037），年仅十六岁的王安石随父宦游进京，其文采便大获欧阳修赞赏。

庆历二年（1042）春，王安石考中进士，被任命为淮南节度判官，由此开启了他的从政之路。他淡泊名利、勤政为民，曾先后婉拒文彦博和欧阳修的举荐，主动放弃进京任职的机会，先后赴任鄞县知县、舒州通判、常州知州等地方官职，带领群众兴修水利、扩办学堂，在基层一干就是十六七年，因此积累了丰富的地方工作经验，取得了卓著的政绩，也逐渐形成了自己的政治主张。

嘉祐三年（1058），王安石进京述职。他将自己思考了多年的变法主张写成了长达万言的《言事书》呈递给仁宗皇帝。他在上疏中，结合自己多年地方任职的所见所闻，痛陈了国家经济薄弱、风气败坏、国防堪忧的严酷现实，并指出其根源在于为政者不懂法度，建议朝廷从用人政策入手，实行全面变法改革。

王安石的政治才华得到了宋仁宗的赏识，多次想对其委以重任，但生性倔强的王安石见仁宗皇帝并未采纳自己的变法主张，始终坚辞不就，弄得朝廷上下都认为他无意功名、不求仕途。嘉祐六年（1061），在朝廷的一再坚持下，王安石这才同意出任直集贤院、知制诰，但没过多久，便因对朝廷规矩的不满而与王公大臣起了争执。嘉祐八年（1063），王安石母亲病逝，他正好以替母守丧为由，辞去官职回到江宁。

这年三月二十九日，宋仁宗驾崩，宋英宗继位。英宗在位四年，也屡次征召王安石进京任职，但均被他以为母服丧和抱病在身等各种理由谢绝。

难道王安石真的就这样轻易放弃了自己的政治理想，心甘情愿地闲居江宁度过余生吗？答案显然是否定的。

其实，在他胸中熊熊燃烧着的那团变法之火始终未曾熄灭过。他之所以坚持拒绝入朝，是因为他料定仁宗和英宗二帝，皆不可能大胆采用他的变法方案。因此，他在韬光养晦，在等待时机。

这个时机很快就来到了。治平四年（1067），英宗皇帝因病于三十五岁英年早逝，年仅十九岁的宋神宗即位。这位年轻却很有想法的皇帝，面对着国内的政治、经济危机和西夏、辽国不断侵扰的外患，决定通过启用人才来改变这种积贫积弱的困境。当时的王安石虽未在仁宗和英宗两朝获过大用，但其声誉却是相当显赫，就连宋神宗对其也是渴慕已久。因此，在其临政后，便立即召见了王安石，起用他为江宁知府，并补为翰林学士兼侍讲。

这一次，王安石没有再拒绝朝廷的任用，因为他知道，施展政治抱负的大好时机终于来了。他向宋神宗建议："治国之道，首先要确定革新方法。"这一主张得到了神宗皇帝的认同。于是，王安石一鼓作气，上奏了一份《本朝百年无事札子》，剖析了宋朝建立之初的百年之所以太平无事的原因，指出了当下的种种社会问题，并以"大有为之时，正在今日"的勉语鼓励宋神宗开展变法。

熙宁二年（1069）二月，王安石被任命为参知政事，相当于副宰相，从而进入了执政行列。在宋神宗的支持下，王安石开始全面推行变法，史称"熙宁变法"。

改革伊始，王安石提出了"三不足"口号：天变不足畏、祖宗不足法、人言不足恤。为推进变法的实施，达到官吏称职、财谷富足、军队强大的目的，他上奏神宗皇帝，设立了专门的变法组织机构——三司条例司，任命吕惠卿负责管理条例司日常事务，推荐曾布为检正中书五房公事，共派遣提举官四十余人，开始行施新法。

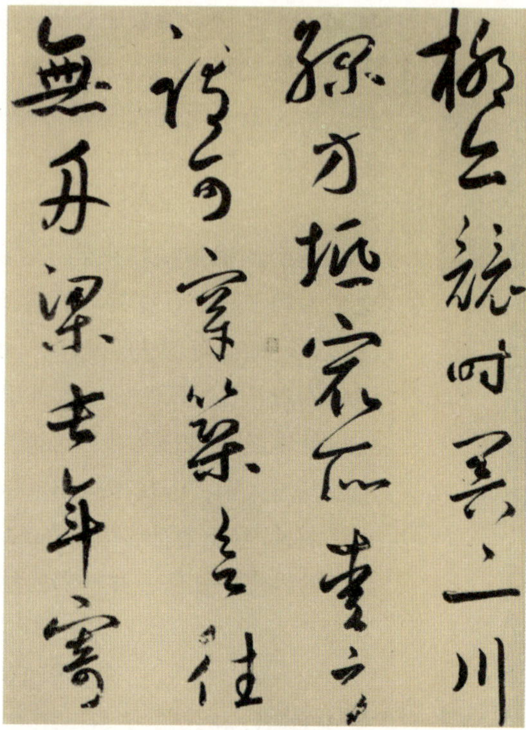

〔元〕鲜于枢
《书王安石杂诗》

这年七月，“均输法”率先出台，王安石扩大运使职权，使其总揽江南九路收入，从而切断富商从中牟利的渠道，以达富国目的；九月，针对猖獗的高利贷施行了“青苗法”，其目的是改变旧有常平制度的呆板做法，灵活地将常平仓和广惠仓中的储粮贷给百姓，以求民不加赋而国用富足；十一月，又颁布了“农田水利法”，鼓励各地开垦荒废田地、兴修水利工程，促进了全国水利建设和农田灌溉的大发展。

之后的三年间，王安石又陆续推出了旨在培训正规军队、增强国防力量的“将兵法”；防止农民反抗、节省军费开支的“保甲法”和“保马法”；免除农民劳役、增加官府收入的“募役法”；减轻农民负担、增加国家收入的“方田均税法”；有利于稳定物价、促进商品交流和增加朝廷财政收入的“市易法”。熙宁三年（1070）十二月，由于新法的颁布和实施取得明显成效，王安石被宋神宗任命为礼部侍郎、同中书门下平章事，位同宰相。

尽管王安石的变法得到了神宗皇帝的支持，但由于侵犯了统治阶级的利益，变法不断遭到反对派的攻击，到了熙宁七年（1074），局势更是急转直下。这年春季天下大旱，饥民流离失所，朝廷上下流言四起，矛头直指王安石的变法。一贯反对变法的曹太皇太后和高太后此时也跳了出来，向宋神宗哭诉“王安石乱天下”。

面对这样的困局，宋神宗即便有心想保自己的爱臣也没有办法，于是只得“顺应民意”，罢免了王安石的职务，改任观文殿大学士、知江宁府。遭此变故，王安石的激情深受打击。尽管次年二月，他又被重新拜相，加封尚书左仆射兼门下侍郎，但变法派内部已严重分裂，支持变法的力量土崩瓦解，新法很难继续推行下去。熙宁九年（1076），王安石的长子病故，悲痛万分的他坚决辞去宰相，拜检校太傅，镇南军节度使、同中书门下平章事，判江宁府，回江宁府逸居。

——

岁月如水般悄然流逝，身处江宁远离朝政的王安石，此时的心态也渐渐如水般平静。但是有一处地方，却仍会时不时地在他的心底激起一丝涟漪。那就是曾经让他感怀万千，并以“不畏浮云遮望眼”自勉的杭州西溪。

王安石与西溪的缘分当然不仅仅止于那一次的登高望远。事实上，他对这片曾经被其赞为“福地”的幽野之地很有感情。他喜欢西溪漾荡间无边的芦苇，喜欢苕溪两岸如雪的苕花，更喜欢在溪水中扑棱飞掠的水鸟，还有那萦绕不绝的袅袅梵音……他的这份特殊情愫，最早源自三十多年前。

那年他二十七岁，刚从淮南风尘仆仆来到闭塞的滨海小城鄞县担任县令。就在途径余杭的时候，王安石被这里幽雅的自然环境给深深地吸引了。于是，他就在西溪出资建造了一座缛野堂，作为日后来杭周转和休养的一个落脚点。

宋元丰五年（1082），花甲之年的王安石重回西溪，就住在三十年前他为自己修建的缛野堂中。他在这座花木扶疏、优雅恬静的小院中品茗饮酒、吟诗著文，身心有一种说不出的满足。

北有时，他会漫步来到余杭城外的莲花桥，望着桥下池塘中那洁白无瑕的朵朵白莲思绪万千；也会邀上几位好友，喝一壶阿姥酒，品一盘苕溪鱼，在酣醉中释放一回。而更多的时候，他总是静静地站在镇西北的北济桥上，看河水起起落落，听溪流涓涓诉说，偶尔还会诗兴大发，随口吟诵，抒发人生感慨，宣泄胸中郁闷。

当然，他最喜欢去的还有一个地方，那就是法喜寺。他曾长住在这个隐藏于竹林之中的佛门净地，在青灯下、磬声中遥想着自己的一生，写下了一首凄美的小诗《法喜寺》：

门前白道自萦回，门下青莎间绿苔。
杂树绕花莺引去，坏檐无幕雁归来。
寂寥谁共樽前酒，牢落空留案上杯。
我忆故乡诚不浅，可怜鶗鴂重相催。

法喜寺内还有一座“怀旧亭”，是王安石在南京半山休养时，特地请人来余杭法喜寺帮其建造的。晚年的王安石常邀友人相聚于这座花木环抱的亭中，吟诗著文，挥毫泼墨，高谈阔论，慷慨陈词。那种壮志未酬的悲壮情怀，在这首名为《杭州修广师法喜堂》的诗中展露无遗：

浮屠之法与世殊，洗涤万事求空虚。
师心以此不挂物，一堂收身自有余。
堂阴置石双嶙嵲，石脚立竹青扶疏。
一来已觉肝胆豁，况乃宴坐穷朝晡。
忆初救时勇自许，壮大看俗尤崎岖。
丰车肥马载豪杰，少得志愿多忧虞。
始知进退各有理，造次未可分贤愚。
会将筑室返耕钓，相与此处吟山湖。

尽管王安石的变法最后以失败告终，但是他那句“不畏浮云遮望眼”的豪迈诗句，以及胸怀大志、忧国忧民，不畏艰难、锐意改革的进取精神，都成为留给后人的宝贵精神财富。

湿地深秋　蒋跃绘

谈笑定华夷

南宋建炎元年（1127）秋，力主抗金的尚书左仆射兼中书侍郎李纲被莫名罢去宰相之位，改任观文殿大学士，提举杭州府洞霄宫。按照现在的说法，等于是被免去实职，改任非领导职务了。

李纲被免职，当然不是因为他不够敬业，更不是他有什么贪污腐化的行为，而是因为他坚持抗金，成了主张议和投降的宋高宗及其所赏识的宰相汪伯彦、黄潜善之流的绊脚石，才被当作异己排挤的。

对于性情犹疑、苟且偷安的宋高宗赵构来说，李纲绝对是个令他又爱又恨，既想用又不太敢用的刺儿头角色。这位在宋朝军队和民众当中都拥有极高威望的壮年武将，有着刚强不阿、嫉恶如仇的鲜明个性。早在十多年前的宋徽宗时代，他就因妄议朝政而两度遭贬谪，从监察御史兼殿中侍御史的重要岗位上，一路被贬至福建南剑州沙县的税务官。

直到宣和七年（1125），李纲才于金兵屡屡进犯之际被召回朝廷，任太常少卿。他力劝无心朝政、只醉心于书画的宋徽宗把皇位禅让给太子赵桓，以便全心全意组织军民抗击金兵。宋徽宗这回倒是挺民主的，竟然听从李纲的建议让出了皇位。反正他也乐得轻松，这样就好一门心思去玩他的书法丹青了。

赵桓（即宋钦宗）即位后，李纲也由此升任尚书右丞、提举京城四壁守御，挑起了京都开封的守卫大任。他严密部署防御，亲自登城督战，成功击退了来犯的金兵。本来形势已经趋向好的方向发展，可是金兵统帅完颜宗望也不是等闲之辈，他见来硬的不行，就使出了诱降之招。这一招果然狠毒，一举击中了宋廷懦弱屈辱的软肋，使得朝廷内部充斥着一片割地求和的声音。李纲自然是坚决反对投降的，结果就被宋钦宗罢了官。

让宋钦宗始料未及的是，对李纲的免职令一出，军队和民众就炸开了锅，愤怒的群众纷纷聚集示威，要求朝廷收回成命。迫于民众的压力，宋钦宗只好重新启用李纲。如此一来，李纲在广大军民心目中的威望就更高了，抗击金兵的群众基础也更加坚固了。

本来，北宋朝廷已经胜券在握，可急于平息事态的宋钦宗，还是主动派出秦桧等人前去与完颜宗望议和，并答应割让太原、中山、河间三镇。破城无望的金兵于是见好就收，得了便宜后立即撤兵走人。

金兵一退，朝廷内的主和派就在宋钦宗的支持下开始对李纲实施清算。他先是被赶出朝廷，去担任一个几乎被架空的河北东路宣抚使；随后又被安上了“专主战议，丧师费财”的罪名，从江西南城贬到了重庆奉节。

看到宋廷作死地帮自己赶走了眼中钉李纲，最开心的人莫过于金太宗了，他立即命令完颜宗望再杀一个回马枪，与完颜宗翰兵分两路围攻开封。追悔莫及的宋钦宗这时候才想起再用李纲，却已是远水解不了近渴，最终于靖康二年（1127）落得个国破家亡，与老爸宋徽宗一道被俘押解北方的悲惨下场。

靖康之变后，宋朝皇室南渡至应天府（今河南商丘），由宋高宗赵构建立了南宋王朝。刚开始的时候，宋高宗对李纲是非常看重的。他知道李纲有功于朝，曾高度评价其“大臣当如此矣”。因此，开国不久的建炎元年（1127）五月，他便任命李纲为尚书右仆射兼中书侍郎。

李纲上任后，力推抗战老臣宗泽留守开封，主张所有议和一概免谈，并且着手整顿军政，颁布了二十一条新军制，为宋高宗重整朝纲竭尽了全力。

看到宋高宗如此倚重李纲，一心想着与金廷和平共处的颜岐、范宗尹等官员就担心起来，他们纷纷在宋高宗面前说三道四。汪伯彦、黄潜善等投降派更是千方百计挤兑李纲，竭力怂恿宋高宗南逃。如此一来，本就摇摆不定，不想再与金军正面冲突的宋高宗就开始动摇了。其结果便导致了本文开头李纲被无端罢相的那一幕。

那年秋天，被罢相后初领虚衔的李纲来到杭州，途经上天竺的石人岭山道，赶赴位于西溪之西的洞霄宫领职。

行走在空寂无人的山谷之中，这位刚从如火如荼的战场上赋闲下来的热血将领，内心却似翻江倒海般难以平静。对主张求和的奸臣贼子的无比愤恨，与不受圣上信赖的满心失落交织在一起，就像一股不吐不快的恶气淤塞在心头，最终汇聚笔端喷薄而出，汩汩流成了一行行豪情满怀却又欲哭无泪的诗句：

山谷投闲日，乾坤版荡时。
秦庭徒痛苦，漆室竟谁知。
欲仗空王力，潜开圣主疑。
奸臣俱扫尽，谈笑定华夷。

客观地说，相较于之后被奸臣秦桧陷害的另一位抗金名将岳飞来说，宋高宗对李纲其实还算是比较客气的。这个内心十分纠结的皇帝，对于李纲的赫赫战功和一片忠心当然是十分清楚的，所以在免去李纲相位的时候，还是给了他足够的体面和待遇。毕竟观文殿大学士和提举杭州府洞霄宫，可不是一般的人能尊享的。

所谓“提举洞霄宫”，其实是宋代朝廷为安抚老病阁僚及冗员而专门设置的闲职。洞霄宫本是我国著名的道教宫观，南宋时因皇室高度崇尚道教，而洞霄宫又是距离后来的都城临安最近的一处宫观，因此极受皇家器重，专门在大涤山修筑避夏的行宫，并设置了“提举洞霄宫”的职衔，授给那些德高望重，但又不适合再掌实权的官员，以便他们继续享受应有的衣食俸禄待遇。所以，从这一点上看，尽管南宋朝廷软弱腐败，但敬大臣、体群臣的礼数氛围，还是值得肯定的。

从李纲的那首《由上竺道石人岭赴洞霄宫》的诗作中，我们可以发现，当他刚去赴任提举杭州府洞霄宫的时候，心中虽有满腔的忿满，但“奸臣俱扫尽”的愿望和“谈笑定华夷”的壮志仍然没有泯灭。因此，即便后来又被罢去观文殿大学士，并且一路从湖北鄂州、湖南澧州贬谪到了海南万宁，他也仍保持着一份坚贞不渝的抗金激情。

绍兴二年（1132），经过一年多时间的颠沛流离、狼狈奔逃，宋高宗终于在杭州站稳脚跟，并且正式迁都于此。于是，他又想到了李纲，再度任命其为观文殿学士、荆湖广南路宣抚使，兼知潭州。

此时的李纲仍胸怀壮志，他到任之后尽心尽力，扫清了数万流盗，维护了社会安定；同时他又多次上疏，力陈抗金大计，期望能重振大宋江山。但遗憾的是，他的一片苦心，并没有唤回宋高宗的支持。

绍兴九年（1139），宋廷与金议和，李纲获悉后终于彻底心灰意冷。面对宋高宗再次委以的知潭州、荆湖南路安抚大使重任，他坚辞不受，挺着一副铮铮铁骨回到了自己的家乡福建。次年，他便在郁郁寡欢中暴病离世。

虽然李纲的抗金夙愿至死未了，但他那“谈笑定华夷”的爱国豪情壮志，却永远留在了青葱浩渺的西溪山水之间。

———

从李纲留在西溪的豪迈诗句中，我们可以感受到，在北宋南宋交替的那段特殊时期，抗击金兵是当时最具热度的一个话题，因为这关系到国家社稷的存亡，关系到黎民百姓的安危。在民族大义面前，一大批铁骨铮铮的抗金将士、民族英雄前赴后继，谱写了一曲曲可歌可泣的爱国壮歌。在西溪大地上，除了坚持抗金的李纲留下了悲壮诗篇外，另一位抗金名将韩世忠，也在此留下了矢志不移的坚毅足迹。

韩世忠是南宋时一位颇有影响的人物，他虽然出身贫寒，但身材伟岸，骁勇善战，而且性格忠直，智勇双全，因此年纪轻轻就在抗击西夏和平定各地叛乱中屡立战功，威名四扬。自北宋与金交战以来，韩世忠更是驻守河北前线数年，凭着果敢冷静的作战天赋，屡屡以少胜多，克敌无数，令金兵闻风丧胆。

建炎元年（1127），宋高宗赵构刚在应天府即位时，曾提拔过一批抗金将领，李纲就是在那时候拜相的，而韩世忠则因护送赵构，单骑战敌主将有功，被任命为御营左军统制。建炎三年（1129），宋将苗傅、刘正彦因不满朝廷发动兵变，危难之时，韩世忠率兵赶来解救，在杭州北关击败叛军，并将叛将追擒诛杀。因救驾有功，韩世忠成了宋高宗的亲信，被授武胜昭庆军节度使，从此在南宋将领中拥有了极高的声名和地位。

这一年，韩世忠又在金兀朮大举南犯之际，率八千勇兵巧妙应战，将十万金兵困阻于黄天荡四十八天之久，极大地鼓舞了江淮人民的抗金热情。宋高宗六次赐札嘉奖韩世忠，并提拔他为检校少保、神武左军都统制兼武成、感德二镇节度使。

又过了两年，金兀朮再度率兵五万，联手伪齐傀儡政府军进攻南宋。韩世忠临危不惧，亲率骑兵应战诱敌，在大仪镇成功围困歼敌，并擒获敌将及二百余俘虏，使南宋军心大振，韩世忠也因此被誉为南宋“中兴武功第一”。

当时的南宋朝廷内部，主战派与主和派之间一直存在着斗争。以岳飞、韩世忠等为代表的主战派，反对屈膝求和，坚持抗金保国；以秦桧为代表的主和派，则主张妥协，企图偏安一隅。而在两者之间摇摆不定，不断平衡的宋高宗，起先是支持抗金的。但是，随着岳飞、韩世忠等人的战功越来越大，这位南宋皇帝的私心也越来越明显了，他尤其担心在中原一带屡屡得胜的岳飞，会在打败金兵之后将其兄长宋钦宗接回来，从而威胁到自己的帝位，于是便掉头倒向了主和派。

在宋高宗的支持下，秦桧解除了岳飞、韩世忠和张俊三员抗金大将的兵权，并且以“莫须有”的罪名将岳飞陷害入狱。面对秦桧的淫威，满朝官员无人敢言，只有耿直刚烈的韩世忠勇敢地站出来质问秦桧，结果也遭到了秦桧及其党羽的疯狂报复。要不是他当年救驾有功，很可能也会像岳飞那样横遭迫害。

韩世忠在楚州抗金十余年，为保卫南宋立下赫赫战功。然而，在朝廷的政治斗争中，终究还是胳膊拧不过大腿。心灰之余，他干脆辞去官职，告老还乡了。

———

绍兴议和之后，韩世忠更是闭门谢客，口不言兵。他为自己取了个“清凉居士”的雅号，整天跨着毛驴带着酒，纵情游览西湖山水。

韩世忠在杭州有三处府邸，其中晚年常住的梅庄园，就位于西溪马塍，也就是如今的松木场流水桥一带。这个别墅庄园占地一百三十多亩，内有澄绿堂、水阁、梅坡、芙蓉堆等建筑和景观，是一个亭堂轩榭相连，楼阁建筑精致，梅竹芙蓉辉映，四时繁花不断的好地方。园内的“乐静”“清风”“竹轩”等堂名，还都是宋高宗亲笔御书的。

宋高宗当然明白韩世忠的一片赤胆忠心，所以心中显然是抱有一丝愧意的。因此，在韩世忠隐退之后，他还是多次召集这位昔日爱将及其家属进宫饮宴，并且赐给宝剑和名贵马匹等。但是这些安慰之举，显然是很难抚平一位抗金爱国将领心中的那种屈辱之痛的。

好在世人的眼睛是雪亮的，对于那些精忠报国的民族英雄，人们永远不会吝啬赞美。韩世忠去世后，被宋孝宗赵昚追封为蕲王，谥忠武。淳熙十五年（1188），礼部尚书宇文价言：“太师蕲王谥忠武韩世忠，身更百战，义勇横秋，建炎勤五，投袂奋发，连营淮楚，虎视无前，名闻羌夷，至今落胆。宜如明诏，伏请并配飨高宗庙廷。”嘉泰四年（1204）四月，宋宁宗下诏在镇江府为韩世忠立庙，以表纪念。

除了官方的高度评价，韩世忠在民间也被广泛歌颂。南宋诗人吴立夫就以韩世忠晚年在西溪梅庄园种花的场景为切入点，创作了一首《韩蕲王花园老卒歌》：

蕲王手种红锦花，十载不挂铁铚锻。
花园老卒守花树，睡着花砖闻曙鸦。
白头白尽身无事，古塞沙尘战余骑。
多士如云足健儿，一奇在腹终憔悴。
青铜万缗满地光，宝函矫节赐夷王。
宫妆粉艳去酣酒，海货珠深归压樯。
王家舍儿惊吐舌，御府翡翠碎飞雪。
口犹乳臭却帐前，矍铄一翁嗟弃捐。
君不见，天下英雄本材武，
左鼻成龙右鼻虎，颈血淋漓思衅鼓。
史传沉埋谁比数，花落花开几风雨。

从李纲到韩世忠，这些胸怀民族大义的南宋爱国名将们，将他们版荡乾坤的满腔热血，丝丝缕缕地留在了西溪。他们那“谈笑定华夷”的坚贞勇气，将永远照耀着西溪。

但得草堂赀便足

对于南宋的子民来讲，德祐二年（1276）是一个刻骨铭心的惨痛日子。这一年的正月，元军攻破宋都临安，年仅五岁的南宋第七位皇帝宋恭帝赵㬎与他的母亲全太后一起，被元军押解到了大都（今北京）。

丧国的耻辱就像无形的鞭痕，深深地烙在了一大批饱含故国情怀的南宋遗民心头，激发着这些深埋民族气节的人们，以各种不同的形式表达着他们对故国的深深思念。下面要跟大家介绍的这两位出自钱塘的艺术家汪元量和张雨，就是其中的杰出代表。虽然他们年龄相差三十几岁，有着各自不同的人生经历，但纵观他们擦肩而过的相向人生道路，我们竟能看到一个殊途同归的结局，那就是坚决抛弃元朝给予的荣华富贵，追随内心遁入道门，最后回到家乡杭州，深居在西溪做一名埋名舔舐亡国之痛的逸世隐士。

这种伤痛情怀，在汪元量重回南宋故都临安之际撰写的《钱塘》一诗中，展现得尤为淋漓尽致。他这样写道：

踯躅吞声泪暗倾，杖藜徐步浙江行。
青芜古路人烟绝，绿树新墟鬼火明。

事去玉环沉异域，愁来金碗出佳城。
十年草木都糜烂，留得南枝照浅清。

是啊，面对残败不堪的故国京城，作为一介文人的汪元量痛心疾首、泪痕如洗，但却无能为力。他可以做的，唯有将满腔的亡国之痛化作字字泣血的诗句，毫无保留地倾注在了笔端。

——

汪元量，字大有，号水云，钱塘人氏，是南宋末期很有名的音乐家、诗人和词人。在宋度宗时期，他就以通晓音律、擅长鼓琴而被召入南宋皇宫，成为一名宫廷琴师。

话说那年临安城被元军攻破之后，正值三十五岁壮年的汪元量，也随着年幼的宋恭帝、全太后及其三宫一道被抓到了北方。因为他在音乐方面的造诣实在太高了，连北方的元朝皇帝都对其早有耳闻。所以，汪元量一到北京，即被元世祖忽必烈纳入宫中召为乐师，不得不滞留在了元大都。

凭着自己的艺术才华，汪元量很快就名噪大都，并且获得了元世祖的特别恩遇，经常被召参加元世祖举行的各种筵席。本来，他完全可以在元朝尽享锦衣玉食的奢逸生活，但是亲历过南宋亡国之痛的他，却始终不能忘却对故国的深深眷恋。在燕京生活期间，他用缠绵悱恻、充满苍凉的诗风大胆创作了《越州歌》《湖州诗》《醉歌》等具有强烈纪实性的诗史作品。他在《越州歌》中满怀悲凉地写道：

东南半壁日昏昏，万骑临轩劫幼君。

三十六宫随辇去，不堪回首望吴云。

哀怨至极的笔触，真实再现了元兵南下时半壁河山横遭蹂躏的悲惨景象。

羁留北方的汪元量敢于大量创作此类题材的诗词作品，等于是在无声地向元朝当政者展示大宋遗民对家国的难忘之情。这种坚守诗人操守的创作，不仅没有给他招来杀身之祸，反而赢得了众多的同情和赞誉。他的系列诗作因此被冠上了“宋亡诗史”的称誉。

抗元名臣文天祥被俘后关押在大都，汪元量闻讯，多次赶往狱中探望这位令人肃然起敬的民族英雄，为他创作了《妾薄命呈文山道人》《生挽文丞相》等五言诗歌，热情讴歌文天祥的坚贞大义，勉励他尽忠立节。文天祥壮烈殉国后，汪元量又作《孚丘道人招魂歌》，公开为民族英雄招魂。

在宋都临安被元军所破，汪元量随南宋幼主一起被掳至北方的次年，也就是景炎二年（1277），日后将成长为元代知名诗文家的张雨，也在钱塘降临人世了。这位宋崇国公张九成的后裔，最初的名字叫作张泽之，之后才改名张雨，又名天雨，成年后取字曰伯雨，号句曲外史。

张雨自年少起就潇洒倜傥、英姿勃发，而且崇尚自由，不拘小节。因从小就浸淫在家国沦丧的成长氛围之中，故一直心怀隐逸之志。二十岁那年，他开始离家出走，遍游天台山、括苍山等各大名山。然后，就在有“第一福地，第八洞天”之誉的道教名山江苏茅山，拜上清派第四十三代宗师许道杞的弟子周大静为师。回到杭州后，他又去开元宫拜师在玄教道士王寿衍门下，被授道名嗣真，道号贞居子。

王寿衍是元代中期有名的道士，他长于诗文书画，在文坛有着广泛的影响，因此他住持下的开元宫，也成为杭州元曲家、诗文家的聚会场所。师从王寿衍之后，本就博学多闻、善谈名理的张雨更是如鱼得水，常与一班文人唱和往来，诗文、书法和绘画更是大为精进。

元皇庆二年（1313），正好也是三十五六岁的张雨，也跟当年的汪元量一样，离开杭州来到了北京。不过，与汪元量跟着宋恭帝被元军押解进京不同，张雨是跟随师父王寿衍风风光光来到北京的。进京后，他们驻居在元世祖钦赐修建的崇真万寿宫。虽然张雨只是一介黄冠道士，但由于他的诗文极负盛名，引来了杨载、虞集、范梈、袁桷、赵雍等在京的大批文人学士争相与之交游，甚至还被当世名士公认为“诗文字画皆为当朝道品第一”。

张雨的名声传到了元仁宗的耳朵里，这位以儒治国、非常惜才的元朝皇帝决定委以重任，让他留在元朝当官。这样的机会可不是人人都有的，但是面对仕途诱惑，抱定了不仕元廷信念的张雨却坚决推辞不受，第二年便离开北京返回了杭州。

显然，在张雨的观念中，作为南宋的遗民，即便在元朝当再大的官，也是一件并不光彩、有辱节操的事情。因此，当他得知湖州籍的著名书画家赵孟頫和赵仲穆父子二人皆出仕元朝，便写了一首貌似状写花草的小诗《题墨兰》，讥讽之意可谓是溢于言表：

滋兰九畹空多种，何似墨池三两花。
近日国香零落尽，王孙芳草遍天涯。

回过头再看身在曹营心在汉的汪元量，虽然在北京的日子过得还挺风光挺滋润的，但他的内心故国之梦却从未因为生活的优越而磨灭过。他一直在寻找机会，寻找一个能够说动元世祖放他南归的理由。

这个机会终于在他滞留元都的第十三个年头到来了。至元二十五年（1288），元世祖下诏，将刚刚十八岁成年、已被降封为瀛国公的赵㬎派往吐蕃（即西藏）学习梵书和西蕃字经。不久，赵㬎就在西藏的喇嘛庙出家，从此再也没有踏入过中原和魂牵梦萦的江南故乡。

相较于自己的故主，汪元量就算是很幸运的了。当然，这份幸运也是他自己努力争取来的。赵㬎被派往西藏出家后，汪元量便以此为借口，向元世祖提出了南归做一个道士的请求。至元二十六年（1289），汪元量获得元世祖的恩准，以黄冠道人的身份回到了故乡。

南归之后，他曾组建诗社，云游潇湘、蜀川，遍访旧友，继续创作了大量反映亡国之痛的诗篇。为了忠节自苦，替故国守节，最后汪元量在西溪筑汪庄，以“野水闲云一钓蓑”自居，做了一名行踪不定的隐士，被民众传为得道成仙。

汪元量主动放弃荣华富贵，以隐逸的方式来感怀故国，表达对家国的忧思眷恋。这种对诗人操行的坚守，引发了后人的深深敬佩。晚清藏书家丁立中为此创作《汪庄怀元量》诗一首：

莫测琴工磊落胸，汪庄曾驻水云踪。
伤心泪落千行竹，挥手声来万壑松。

西溪无人　蒋跃绘

北去燕京忠耿耿，南归鹫岭恨重重。
拘幽操和文山作，仙迹应从采药逢。

———

与汪元量一样，曾经为了不仕元朝而选择黄冠加身、隐迹道门的张雨，也在数十年后选择了西溪作为自己的归隐之地。不过，他比汪元量做得更为彻底，在他六十岁的时候，甚至舍弃道服，埋葬冠剑，恢复了儒者的身份，做了一名完全忠于内心的隐士。

在元朝初期，因为道教深受帝王的推崇，道士的社会地位颇高，生活条件也比较优越，而生活方式则比较自由。另外，以全真教为代表的道教中又兼容了儒家的思想，是当时的社会背景下汉文化相对纯净的留存之地，所以许多有真才实学的南宋遗民都选择了遁入道门。从二十几岁就皈依道教的张雨，离京回杭之后，最初仍旧留驻在开元宫。到了元惠帝后至元二年（1336），开元宫在一场大火中不幸被毁，张雨便辗转回到了最初出道的江苏茅山，先后主持了崇寿观和镇江崇禧观。五年后，他又辞掉了主观之事，两耳不闻窗外事，或整天跟朋友们饮酒赋诗，或终日焚香静坐于密室之中。

后至元三年（1337），张雨干脆离开道门回到杭州，在西溪马塍结庐隐居。为此，他还专门赋诗《马塍新居》一首：

浮家泛宅意何如，玉室金堂计未疏。
归锦桥边停舫子，散花滩上作楼居。
澹然到处自凿井，玄晏闭关方著书。
但得草堂赀便足，人间何地不樵渔。

只要有一间可以容身的草堂便知足了，人间何处不能过砍柴打鱼的平淡生活呢？如此淡然开朗的心态，正是宋元易代之际，心理整体失衡的南宋遗民为坚守民族节操而做出的无声抗争。

南宋留图故事存

九月的西溪，无疑是一年之中最静谧的。没了春的姹紫嫣红，没了夏的蝉虫争鸣，更没了冬的炫目白雪，只剩那清悠悠的溪水和绿茵茵的草木，仿佛就是世界的全部了。

黄昏时分，乘着一叶渔舟泛溪前行，但见星散的农家掩映在无边无垠的青葱翠绿之间，袅袅炊烟在农舍上轻柔地飘散开来，与清溪绿树徐徐氤氲融汇，顿时渲染出一幅幽野静谧的山水田园画卷。

明天顺十年（1466）九月，当年逾古稀的致仕官员夏时见到这番景象时，竟禁不住怀疑自己误入了世外桃源。这种美妙的感受，自然而然就催生出了一首名为《西溪》的小诗，虽然只是寥寥几笔，但那意境却是挺美的：

几家烟火自朝昏，一派溪流出远村。
分付渔舟休竟入，个中恐误是桃源。

这位夏老先生其实也挺绝的，别人在他这个年纪，基本都已封笔收官，颐养天年了，可他却在古稀之年，才迎来了诗文创作的春天。想必他之前应该是忙于做官，没有时间写作吧？到了退下来赋闲之后，终于还是耐不住舞文弄墨的初心。这种情况，古往今来概莫能外。即便历史的车轮早已驶入二十一世纪，当今的众多官员不是照样都有同样的切身体会？

夏时的创作高峰期确实是在他告老还乡，过上了纵情游览家乡山水的日子之后到来的。那一年，他诗情勃发，在短短的七天之内，就参照宋代董嗣杲的《西湖百咏》，连续创作了上百首赞美西湖山水的唱和七言律诗，汇成了一本《湖山百咏》。同时，他还撰写了一篇《钱塘湖山胜概记》，从西湖东西南北的山岭洞坞、湖溪涧泉、寺观宫庵、亭桥阁塔等各个角度，全方位、多视野地将西湖及其周边的自然和人文景观记述了个遍。其中在描写西山之胜的段落中，非常详尽地记述了当时西溪的山水胜迹。

不过，你可千万别被夏时的诗文著作误导了，假如你因此就判定他是一位沉湎于游山玩水的闲士，那就大错特错了。事实上，当了将近半个世纪朝廷命官的夏时，与大多数见风使舵、明哲保身的官员很不一样。他是一位廉洁好义、敢于直言，因多次上书朝廷针砭时弊而受人敬佩的好官。因此，他的存在，可以说是为含蓄柔美的西溪平添了几分铁骨铮铮的硬气。

——

夏时，字以正，明代钱塘人氏，是一位被记入《明史》的人物。遗憾的是，其生卒年月均无详细记载，只知道他是永乐十六年（1418）考中的进士。不过之后的一些经历，记载得倒还算详尽。

可以确定的是，夏时在中进士之后，首先被朝廷任命的职位是户科给事中，专门负责审批有关财税方面的政令。虽然这只是个专事检举、监督等“挑刺儿”工作的基层官员，但老实说，权力还是不小的，相当于现在的财政部纪检组长。

这个级别并不怎么高的岗位，肩负的压力其实是不小的。因为明朝前期的洪武时期，国家出于财政需求大肆印钞，导致大明宝钞一路恶性贬值。到了明成祖时期，虽然采取了金银禁令、户口食盐纳钞等救钞举措，但都未能取得预期的效果，因此国家的财政和经济状况极为糟糕。作为财政部门的监督官员，自然是压力山大的。不过，夏时工作还是挺称职的，他为人正直，廉洁奉公，而且敢于直言，多次上书针砭时弊，展现出了超高的职业素养。

只是，要想尽忠职守地干好户科给事中这份差事，得罪人也是在所难免的。所以，尽管夏时的工作兢兢业业，但在明成祖执政期间，他就像是在这个七品官的岗位上生了根，一干就是七八年，都没得到任何晋升。

洪熙元年（1425）正月，继位仅数月的明仁宗朱高炽为了改变其父明成祖朱棣时期的财政困境，开始动议修改钞法，计划向社会中下阶层的商贩全面课税，以增税来回笼大明宝钞。这种通过加重老百姓税收负担来确保财政收入的做法，无异于饮鸩止渴。

这种时候，作为一名敢担当、勇作为的财税干部，夏时十分坚决地站了出来。他上书朝廷，力陈变革钞法的危害性，认为这必然会扰乱市场，对国家财政收入没有好处，建议保持原有的币制。

夏时的上书当然是有道理的，对于这一货币改革措

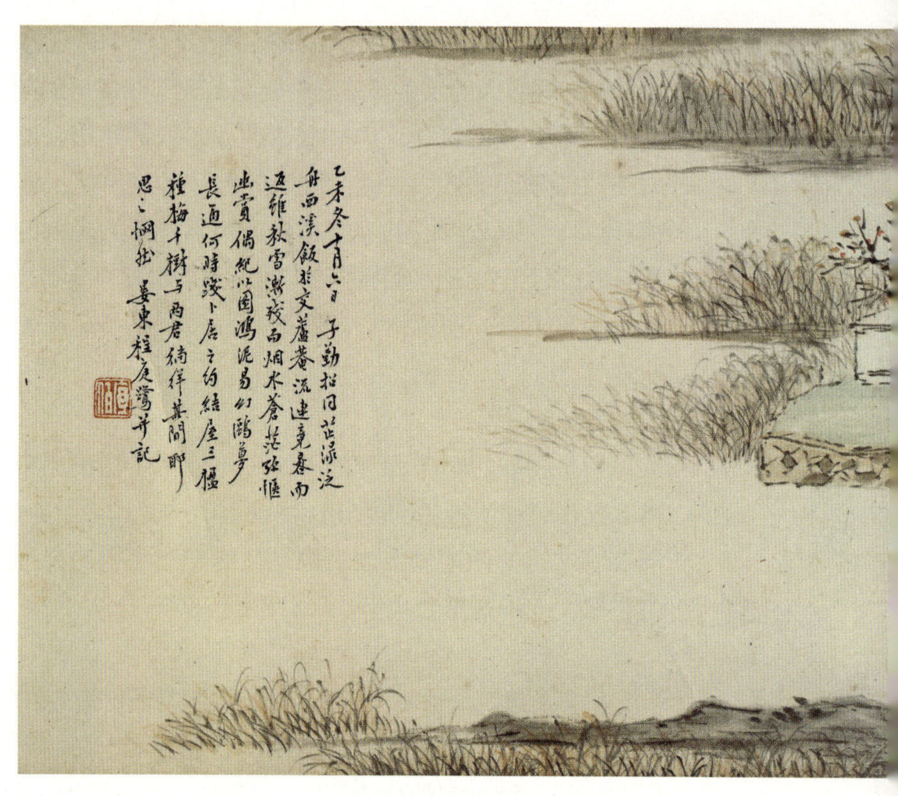

〔清〕程庭鹭《西溪纪游图》

施必将带来的隐患，明仁宗其实心里是很清楚的，所以他又专门叮嘱负责这项改革的户部尚书夏原吉：“增税课钞只不过是权宜之计，一旦钞法通畅，马上恢复原有的赋税，不能长此以往。”

但是，国家财政压力越来越大，不改革也不行啊，进退两难的明仁宗只能寄希望于以毒攻毒。因此，夏时的上书最终就被搁置了起来。好在明仁宗和夏原吉君臣都是比较开明的，所以夏时的建议尽管未被采纳，对他个人倒也没什么影响。

洪熙元年真的是多灾多难的一年啊！这年的币制改革推行之后，果然如夏时所预言的那样，钞法大乱，造成了不良的后果，最终不得不半途而废。雪上加霜的是，开明仁政但却体弱多病的明仁宗朱高炽，也在这一年的五月底猝然驾崩。

不过，对于夏时个人来说，洪熙元年却是他事业腾飞的重要一年。当初币制改革失败后，尚未离世的明仁宗想起了曾经上书的夏时，深感他颇有远见，是个难得的人才，于是下令让夏时负责侍奉皇太子祭祀孝陵，这就等于给了他直接向不久后继位的皇太子朱瞻基建言的机会。

在侍奉朱瞻基的过程中，夏时也不负皇命。他在途中看到有些地方的百姓遭受了严重的自然灾害，就马上向皇太子禀告，建议发放赈济食粮。

宣德元年（1426），夏时又多次上书陈事，建言献策，得到了继位不久的明宣宗朱瞻基的高度赏识。不久，他便被任命为尚宝司丞，兼理吏、礼、兵、刑四科给事中。

随着职位的不断提升，夏时并没有得意忘形，而是更加体恤下情，敢于为民请愿。宣德年间，邳州、徐州、济宁、临清、武清等多地发生旱灾，夏时又奏请朝廷下派赈济，赢得了老百姓的交口称赞。很快，他又升任江西佥事。

正统三年（1438），已是三朝老臣的夏时发现许多地方官员违法乱纪、滥用酷刑、冤枉无辜，使不少好人蒙受冤屈，便愤然上书朝廷，请求派御史、按察使巡察各地在押囚犯，清察冤案积案，处置不法官吏。这一上书得到了明英宗朱祁镇的采纳，受到了绝大多数正义官员的好评，夏时也由此迁任为参议。

正统七年（1442），夏时又上书提出体恤百姓的六件实事，基本都被朝廷采纳，其良好的声名因此更加深入人心。经大臣们的鼎力推荐，他于正统十二年（1447）被破格提拔为广西左布政使，成为一名从二品的高级官员。

虽然已是位高权重，但夏时最难能可贵的一点，就是能够始终牢记从政使命，不忘为民初心。他继续发扬仗义执言的优良作风，在任内又先后上书十多次，虽然并没有被全部采纳，但朝野上下对他敢于直言上谏的勇气都钦佩有加。

———

在长达四十七八年的从政生涯中，夏时从未间断过向朝廷直言上书。虽然在他的奏疏中不乏建议查办积案和不法官吏等得罪人的内容，但他却从未因此而丢官或

錢唐湖山勝槩記

凡稱山川之形勝自京師而下莫不以浙為首然錢唐所以稱首勝者以內抱湖山奇偉秀麗之美兼有居民富庶知教之風為吳越一都會也分野在斗疆域則揚州形勢則自天目龍飛鳳舞歇落江湖鍾靈于人物者古今不乏踞江為險橫空列城城有門十鳳山候潮當其南永昌清泰慶春當其東艮山武林當其北錢唐湧金清波當其西右第一節總記錢唐之勝由城而西出湧金門舊名豐豫行三十步許至西湖環三十里宋號放生池萬頃一碧水天上下朱樓翠黛畫舫

湖山勝槩記

夏时《钱塘湖山胜概记》书影

者遭排挤，反倒是一路顺风顺水，历经整整七朝六位君主，从一名小小的七品户科给事中，一直升迁到了权倾一方的从二品左布政使。这固然跟他运气不错，从明成祖到明仁宗、明宣宗、明英宗、明代宗再到明宪宗，遇到的这些君主总体都还是比较宽厚英明的有关，但更重要的一点，还是因为夏时清正廉洁、一心为公，自身素质特别过硬。他向朝廷提出的那些奏疏，完全没有为一己之利的呼吁，全都是着眼于黎民百姓，为劳苦大众切身利益代言的，这在封建社会显得尤为难能可贵。

夏时还有一点非常值得赞赏的，就是他不仅几十年如一日，始终坚守职责，廉洁奉公，真正做了一名受人敬佩的好官，而且一旦到了退休年龄，他也能保持良好积极的心态，按照惯例主动告老还乡，并且妥善安排好自己的晚年生活，将自己的暮岁时光寄托于山水创作，用自己的文笔记述家乡地理，为后世留下宝贵的资料，体现出了一种充实积极的人生姿态。这非常值得当下的一些退休官员好好学习。

夏时去世后，家乡人将他安葬在了葱茏的石人岭上，并且为其修建了祠堂，取名为“孝廉”，以纪念他的优良德行。从此，夏时的品德与诗文，就像那石人岭上青翠的山林，永远驻守在了西溪，引来了无数后人的缅怀。例如清末藏书家丁立中，就写过这样一首《西溪怀夏以正》的诗作：

数家临水自成村，南宋留图故事存。
樵斧崎岖开竹径，渔舟分付访桃源。
题承嗣果添诗迹，集览文通纪梦痕。
试读粤西名宦传，渊明松菊返桃源。

蜗居河渚石三生

要说大器晚成，恐怕再没有比吴本泰更适合这个成语的人了。明崇祯七年（1634），当他考上进士的时候，已经年过花甲了。这个年龄，即便放在平均寿命已达七八十岁的当今时代，也已经到了该退休享清福的时候了。可年逾花甲的吴本泰，却才刚刚在他的仕途上迈开前行的步伐。

其实，以吴本泰的才学，他本不应该这么晚才中进士的。据史料记载，吴本泰自年少起就酷爱读书，因而知识面非常广博，在官制、兵制、国计、边防、屯田、河渠等诸方面均有所研究，尤其精于经术，曾有“渊海”之称。但科举之事，除了考生自身的才学，能够影响赶考结果的因素实在太多了，这个大家都懂的。所以，像吴本泰这样具有真才实学但却没有什么背景，运气也不见得有多好的人，仕宦之途一时走得没有那么通畅，也就不值得大惊小怪了。

好在吴本泰是一个心态非常不错的人，对待功名利禄，他就像自己的名字一般，能够泰然处之，丝毫没有那种急功近利的迫切。同时，他又有一颗十分强大的内心，并不会因为自己的年龄渐长而轻易放弃改变命运的努力。毕竟他是一个有才华的人，而富有才华的人往往心怀大志，期盼着能为君重用，报效祖国，而不是甘居江南一隅虚度一生的。

吴本泰究竟是哪里人，史料上的说法不一。有说他是钱塘仁和的，也有说其为海宁人氏，是寄籍钱塘的。这其实并不重要，因为不论仁和还是海宁，说他是江南人总没错的。

重要的是，不管他是外来人口还是本乡本土的杭州人，反正最后他都居留在了钱塘。所以，当他考取进士，按照惯例，在前往北京之前有一个月的假期可以回乡祭祀祖先、探亲访友以示荣耀的时候，他不假思索地回到了杭州，并且利用这段宝贵的时间专程赶往西溪，探访了一位老朋友。因为他得知，自己最要好的朋友智一禅师，那段时间正好应河渚乡绅沈应潮和沈应科兄弟之邀，驻锡在西溪秋雪庵。

吴本泰心想，此去京城，不知何年何月才能再见到老友。所以，临别之前，他一定要跟智一禅师好好聚一聚。

———

在那个秋高气爽的日子里，吴本泰踏着朗朗的秋风来到了西溪。一路上，但见渚水清溪潆洄荡漾，百顷蒹葭皑若白雪，其景其情，令吴本泰心醉神迷、感慨万千，他禁不住眼望前方，对着茫茫芦塘吟道：

> 清秋爱看溪桥月，争如随喜僧庵雪。未染水枫丹，濛濛白满滩。　蒹葭迷远望，空色元非相。香絮不寒天，渔翁卧钓船。

这首《菩萨蛮·秋雪》，后来被吴本泰收录在了他的《西溪梵隐志》卷三之中。

当诗情满怀的吴本泰循溪抵达位于蒹葭深处的秋雪庵时，正值智一禅师带着一班僧侣弟子在修四明忏法。见到许久未曾谋面的吴本泰造访，自然十分欣喜。他带着好友，一边叙旧，一边走遍了西溪的山水。着重参观的，当然是他所驻锡的秋雪庵了。

这虽然是吴本泰首次造访西溪，但对于名闻遐迩的秋雪庵，他其实早有耳闻。这秋雪庵的原址，是南宋时期创建的资寿院。但是，经过四百多年的沧海桑田，资寿院早已院毁寺亡，仅剩一片寺基。崇祯七年（1634），也就是吴本泰考中进士的这年春天，在西溪沈氏兄弟和乡绅洪吉臣等人的资助下，智一禅师从别处来到西溪，在资寿院的遗址上建起了三间茅庵。茅庵比较简陋，规模气势自然无法类比当年的资寿院，但因建在水洲之中，四面芦荻环抱，每逢深秋蒹葭吐絮，月夜之下，如白云缥缈弥漫千顷，竟是别有一番动人的景象。因此，吴中名士陈继儒在游览西溪的时候，便取唐诗“秋雪濛钓船”的意境，为智一禅师的芦庵题额“秋雪庵”。从此，秋雪庵之名就正式取代了资寿院，并且名声大噪，成为西溪最著名的一处人文景观。

因此，在吴本泰的那首词中，不仅描绘了秋雪庵的月夜美景，而且还嵌入了“濛濛白满滩”“渔翁卧钓船”等显然是源自唐诗“秋雪濛钓船”的句子。

和吴本泰在西溪尽兴游玩了几天后，智一禅师向即将远行的好友提出了一个不情之请：为秋雪庵题词留念。吴本泰自然是满口答应，未加思索就题写了“园修堂”三字。后被智一禅师制匾，高挂在了芦庵之中。

——

挥别好友智一禅师，吴本泰就匆匆赶往北京，去觐见当朝皇上了。

正所谓，守得云开见日出。在崇祯帝的召对过程中，对经术颇为熟谙的吴本泰终于引起了皇上的关注。得到了皇帝的赏识后，原本毫无靠山的吴本泰，仕途顿时变得一片光明。他很快就被任命为吏部郎中，成为一名正五品的官员。之后，又转任尚宝司丞，但始终没有离开过京城。

转眼间，十年倏忽而过，本以为剩下的光阴都会留在京城为官直至终老的吴本泰，怎么也没想到大明王朝竟会在一夜间土崩瓦解。

其实，说一个朝代在一夜间崩塌有点夸大了，明朝的衰败直至消亡，也是走过了上百年漫长演变之路的。曾经无比强大的大明王朝，自世宗、神宗、熹宗以来，就开始政治腐败，民穷财尽，国力渐疲。到了崇祯皇帝即位之时，明朝其实已处于内忧外患、风雨飘摇的境地。崇祯十七年（1644），李自成率领的大顺军攻入北京城，自感回天乏力的崇祯皇帝在煤山自缢身亡。辽东总兵吴三桂又在关键时刻引清兵入关，最终导致明朝彻底灭亡。

明清易代之际，众多汉族文人和有气节的官员对覆灭大明王朝的乱臣贼子深恶痛绝，纷纷加入反清复明的斗争当中。然而，各地惨烈的抗清斗争均以失败告终，面对严酷的现实，大批明朝遗民皆以隐明志。

吴本泰生性淡泊，十分看重气节。凭他的才学，虽然完全可以在新朝中谋取职位，但作为一名有良知有气节的明朝官员，他的自我身份认定便是前朝遗民，因此在混乱的局势中，他早已下定了不仕清廷的决心。

接下来的路该怎么走？迷茫之际，正好阔别十年的智一禅师从五台山北参南归，路过北京的时候，顺道去吴本泰府邸造访。

老友相见，分外感慨。吴本泰问起西溪秋雪庵的近况，智一禅师如实相告：在当地乡绅和善男信女的鼎力支持下，经过全寺僧人的艰苦努力，如今的秋雪庵已成为一座颇具规模的大寺院，殿堂、经楼、僧舍、客房一应俱全。

“那年董其昌来游西溪，还为咱们的藏经楼题写了‘弹指楼’的题额哩！”智一禅师颇为自豪地说。

“为何称藏经楼为‘弹指楼’呢？”吴本泰好奇地问。

智一解释道：“佛经有云：‘二十年为瞬，二十瞬为一弹指。’意思就是时间很短暂。这是警策人们要珍惜时间啊！”

临别之际，智一禅师又向吴本泰邀约一篇碑记，说是打算立于秋雪庵前，永传于后世。吴本泰欣然应允，并于顺治三年（1646）写成了《秋雪庵碑记》。

其实，在吴本泰向智一禅师打听秋雪庵近况的时候，就已经动了回钱塘西溪隐居的念头了。西溪远离喧嚣，是一个红尘之外的僻静之地，这样的地方正适合经历了亡国之痛的江南士子回乡隐居。何况西溪还有好友智一禅师，以及他的秋雪庵。

顺治四年（1647），吴本泰正式回归钱塘。他在秋雪庵附近买下一座庄园，从此远离新朝，隐居于西溪蒹葭深处，过起了寄情山水、与世无争的闲散日子。他遍访西溪的山山水水，并且用优美的诗词描绘着西溪的春夏秋冬。其中最脍炙人口的，便是笔触细腻的《秋雪八咏》：

仙岛荡

絮絮香云出讲台，层层湿翠带潆洄。
虽无弱水三千里，不是仙人不到来。

幔芦港

月魄风痕共悄然，四围苍葭半垂天。
路迷不放渔舠入，只许沙鸥自在眠。

秋雪滩

风飐云衣水寺秋，荻花飞絮满汀洲，
数声柔舻一帆白，可是山阴乘兴舟。

莲花幢

缚屋开畦乱水洼，法幢也似涌金沙。
垆烟自袅蒲轮寂，匝地能开四色花。

杨柳城

曳雨拖烟曲涧隈，宛如百雉护香台。
东风忽漫分开绿，却放青山入户来。

薝卜篱

小白花山是也非，一架裟地众香围。
若为金翅来栖宿，只有穿篱蛱蝶飞。

护生堤

凭将慈愿作金汤，流水前身施象囊。

莫道方塘才半亩，十千天子礼空王。

弹指楼

半空清梵落云头，乍可凭高见沃州。
我已同龛弥勒久，不须今日始开楼。

后人正是依据吴本泰对秋雪庵的这“八咏”，概括出了“秋雪八景”，使秋雪庵的盛名得到了空前的传播，也带动了西溪文事的繁盛。

当然，吴本泰对秋雪庵的特殊情怀，并不仅仅局限在《秋雪八咏》这组小诗中。事实上，他还创作过《又秋雪六首》《菩萨蛮·西溪诸梵舍》等描绘秋雪庵胜景，并且借题抒发情怀的诗词作品。

——

才华横溢的吴本泰，在西溪隐逸修身的过程中，当然不只是创作了几首美轮美奂的诗词而已，他对西溪历史文化的贡献，更集中体现在他所编撰的《西溪梵隐志》等著作之中。

至于这部西溪史料中举足轻重的文献，其源起又离不开吴本泰的那位好友智一禅师。事情的经过是这样的：那时的西溪法华山云栖别室有一位广宾法师，与智一禅师也是过从甚密的好友。广宾法师文采极好，还精通儒释二家，曾经撰写过《西天目祖山志》《径山志》和《天竺山志》等方志著作，享有很高的知名度。在驻锡云栖别室期间，广宾法师正在创作一部《法华山伽蓝记》，谁知书还没写完，广宾法师就因病圆寂了。于是，其未成的书稿便被托付到了智一禅师的手中。

作为吴本泰的挚友，智一禅师在读了他的诸多诗作后，本就有了助其将诗文辑佚成册的念头，现在广宾法师的手稿又到了他手中，他便自然而然地产生了一个新的想法：将《法华山伽蓝记》手稿交与吴本泰，请他一并编纂成书。

吴本泰不负好友重托，在智一禅师和门人黄灿及其子黄圻的协助下，圆满完成了书稿的编纂任务。特别值得一提的是，吴本泰并不是将广宾法师的手稿和自己的诗作简单地合并了事，而是在广宾法师的手稿基础上，进行了非常全面的架构与编辑，将书籍反映的内容扩展到了西溪全境。在书稿内容方面，更是增加了许多新的内容，并且按照纪胜（名胜古迹）、纪刹（寺观庙宇）、纪诗（历代诗词）和纪文（历代碑文游记）分为四辑，内容还涉及了西溪的水利、土产、别业、史事与人物等等。这部最终被定名为《西溪梵隐志》的史料著作，为后人研究西溪历史提供了极其重要的参考。而书名中的“梵隐”二字，则充分凸显了西溪的隐逸文化特征，表达了吴本泰心怀故国的一片深情。

因此，清末民初藏书家丁立中在他的《西溪怀古诗》中，对吴本泰这种不仕清廷，寄情西溪，蜗居河渚，著书编志的气节和情怀给予了热情的讴歌：

明社已墟无限情，陶潜解组且归耕。
钓游秋雪蒹葭里，梵隐春风杨柳城。
鹤驾瀛寰途万里，蜗居河渚石三生。
流传韵事西溪志，校刻遗书世守楹。

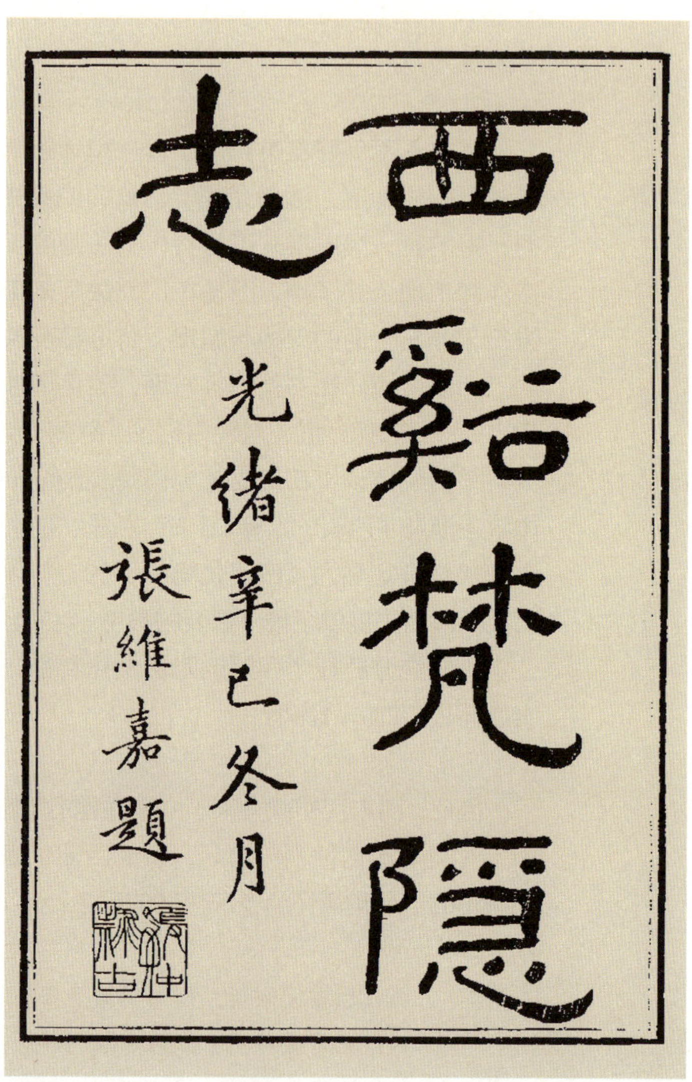
西谿梵隱志
光緒辛巳冬月
張維嘉題

吴本泰《西溪梵隐志》扉页书影

安然世可忘

明朝崇祯初年的某一日，在西溪安乐山右冈南麓的福胜庵内，又是一派香烟缭绕、人头攒动的热闹景象。和往常一样，众多慕名而来的善男信女聚集在庵院内，期望着能见到他们心目中的高僧大师释大善，亲耳听一听他的讲经授法。然而，众人等待许久，其间除了看到一位体形消瘦、穿着简单，甚至有些衣冠不整的普通僧人从庵堂走过，根本就没有见到那位大家仰慕已久的高僧大德。

让所有人未曾想到的是，这位形癯而皙、颀然清劲的老僧，正是明朝的著名诗僧释大善。但是，即便面对面经过，居然都没有一位善男信女认出他就是大善禅师！这足以说明，释大善是一位多么低调、多么脱俗的僧人了。正如他在自传《溪巢自述》中所描述的："明溪巢有头陀行者，自称闲人，著书又称虚闲子。世不知其何许人也。"他在自传中还说："自卜溪巢四十年影不出山，日唯课梅课竹，闭户著书以自娱。"

驻守西溪安乐山四十年，连影子都不曾出过山，整日里以栽梅艺竹、闭门写作为乐，这是何等超凡脱世的生活状态啊！难怪释大善无论多么低调处事、幽隐避世，却仍道声越隆、慕者如织。无论名公韵士，还是村翁樵夫，都想结识他，但真正见了他，又都“有眼不识泰山”，根本认不出眼前这位貌不惊人、朴实无华的僧侣，便是大名鼎鼎的释大善禅师本尊。

释大善所驻锡的福胜庵规模并不大，条件也十分一般。早先庵内有一位深得他欣赏的弟子，这位名叫明暹的弟子特别勤快，课经诵文之余，还在庵前院后栽茶种笋，用辛勤劳动的成果保证了全寺僧人的温饱。后来，明暹圆寂，吃惯了现成饭的僧人们一下子难以适应，只得纷纷离去，只有释大善一人继续坚守在福胜庵。尽管穿篱垢壁、竹几绳床，但他始终苦乐自若，并没有因为弟子明暹的离世而心生不适。

释大善有一位非常要好的朋友叫顾简，是明万历年间的进士，他是释大善的忠实粉丝，也是不乐仕进，整日沉迷于居家写作。顾简的家境相对优渥，他筑了一处小祇园，里面的环境十分不错。见释大善生活艰苦，便盛情邀其前去居住，却被释大善婉言谢绝。名士萧伯玉也多次相邀，也被他坚决回绝。著名藏书家江元祚兴建了空蕴庵，请他前往住持，他还是不为所动。

看到释大善过得如此清苦，朋友们都于心不忍。他的好友秦懒园就想了个主意，既然大善你不愿意离开福胜庵，那我就假托请做佛事为名，来替你修缮一下福胜庵吧！谁知道他的这番好意，竟被释大善一眼识破了，大善笑着说：“我不需要，你别再动这样的念头了。”

释大善这种深居山中坚守清苦的超然姿态，让许多人感佩不已，嘉兴黄叶庵诗僧释智舷有感而发，作《煮雪赠溪巢上人》诗相赠：

破衲蒙头煮雪僧，不知寒涕冻成冰。
炉中活火常防死，未夕茅庵先点灯。

这福胜庵到底有何来头，能够让释大善这样一位德高望重的著名诗僧在此驻守四十年，直至终老呢？

据《西溪梵隐志》记载，福胜庵的前身古福胜院，是石晋（即五代后晋）天福年间（936—943）由吴越王所建的一座寺庙。后经宋代僧侣渊本澄重建复兴。渊本澄是个性情中人，平时喜欢读书交友，还在寺院的周围栽种了许多梅花，因此古福胜院就成了当时的一处赏梅胜地，有“福胜梅花”之美称。遗憾的是，这个古代寺院在元末的战乱中被彻底摧毁了。

按照释大善的好友顾简在《古福胜院记》中所描述的，这古福胜院依山临涧，竹树深秀，湍流激咽，荒塍短桥，环境格外清幽雅逸，且暗合了“一丘一壑”之意，正是修身养性极为理想的家园。但释大善最初出道的时候，显然并不是在这里出家的，因为那时候这里只有一片废墟。

释大善，俗姓魏，字心宗，号虚闲子，是钱塘人氏。年少时，他曾为儒生。但到了壮年，他便看空名利，选择了一条与其他儒生截然不同的道路，到南高峰的绿萝庵出了家。他在绿萝庵修静业、通玄理若干年，虽然禅理修为日渐精深，但内心却并未真正安定下来。直到万历年间的某一天，他偶然路过西溪的古福胜院遗址，当即被这里独特的自然环境给深深吸引住了，一种移居此地终老此生的念头便油然而生。

于是，他在古福胜院的遗址上诛茅筑室，辟建了茅屋三楹，题上了“溪巢”之额。从此，释大善的心灵算是找到了真正的归宿，他在此栽梅种竹，著书立说，潜心修为，为西溪留下了足多宝贵的诗文著作。这种怡然自得的心态，被他写在了《古福胜庵》一诗中：

道人何事喜梅林，自信交惟择类寻。
钱干劲同禅坐骨，冰花净似寂生心。
德风借播寒香远，法雨分沾春雪深。
明月亦怜同素洁，也将皓魄照清阴。

——

迁居至“溪巢”福胜庵后，释大善终于将身心与西溪融为一体，开始了对这片清幽湿地的随性漫游和诗文吟咏。其后长达三四十年的漫长岁月中，释大善用他那明净脱俗的笔触，为西溪创作了不计其数的诗歌。

在碧波荡漾的河渚之上，他溯溪泛舟，濒水而钓，写下了《河渚渔歌》：

渔人不相问，隔水辨歌音。
菱叶一声绿，芦花几调深。
自垂溪上钓，久冷世间心。
小艇翻风去，苍茫何处寻。

在风起云涌的安乐山下，他禅意升腾，心晴目明，写下了《北峰起云》：

峰顶白云起，云起峰岧峣。
乍疑半岭雪，翻作满山潮。
影漏日光澹，气蒸天汉遥。

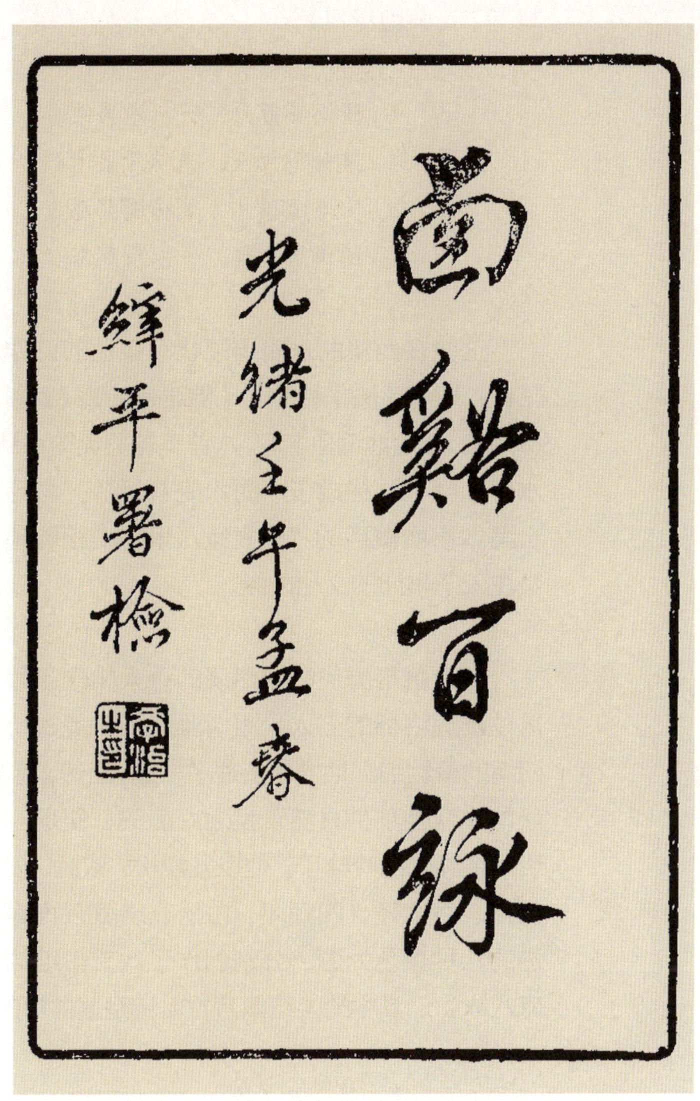

释大善《西溪百咏》扉页书影

夜来溪上宿，零雨滴芭蕉。

在冷月映照的芦塘深处，他凝望远方，心境俱化，写下了《蒹葭泛月》：

泛泛蒹葭月，行行翠碧乘。
波分千片玉，光碎几层冰。
心与境俱化，见将闻共澄。
随流不拨棹，一似折芦僧。

这些在西溪曲水庵周围状写景色的诗作，除了以上三首，还有《法华秋霁》《佛慧晚钟》《西溪梅墅》《竹林问渡》《生池饲鱼》等。八首美轮美奂的小诗汇成的《曲水庵八咏》，构成了“曲水庵八景”，与另一位西溪隐士吴本泰所概括的“秋雪庵八景”交相辉映，为西溪美景注入了丰沛的文化内涵。

释大善是历代吟咏西溪的诗人中作品最多的一位。这位年届古稀的老人，用清雅脱俗的美妙诗句，几乎将西溪的景物细细地描摹梳理了一遍。当然，写得最为深情，最能体现他那种卓然于世之心境的，便是对他的隐居之所古福胜院的吟咏了。他以九沙松、双涧、安乐山朝岚、溪月、香雪径、四顾坪、古松、绕篱万竹等古福胜院周边的八种景色为题，分别创作了八首一组的诗歌《福胜庵八咏》。其中的《绕篱万竹》诗是这样写的：

友多君子竹，济济列门墙。
入水碧光净，筛窗清影长。
风吟虚佩响，翠滴野花香。
胜境闲心合，安然世可忘。

你看，隐居在安乐山下福胜庵中的释大善，已经达到了安然可忘世的境界！这种超然心态，其实在他的许许多多诗作中均有体现。比如这一首《蒹葭里》：

千顷蒹葭十里洲，溪居宜月更宜秋。
鸥凫栖水高僧舍，鹳鹤巢云名士楼。
蓎卜叶分飞鹭羽，荻芦花散钓鱼舟。
黄橙红柿紫菱角，不羡人间万户侯。

这种不羡鸳鸯不羡仙，不羡人间万户侯的心态，多么值得世人学习啊！

——

当然，要想几十年如一日，始终保有一颗视名利如粪土的纯净内心，决不是一件容易的事。因为滚滚红尘，各种诱惑和叨扰的因素实在是太多太多了。特别是像释大善这样的高僧大德，即便久居深山，也常常无法躲开善男信女以丰厚的报酬前来邀请他去说法讲经。如何抵挡这些诱惑？释大善自然有他的基本原则，那就是“王命而不来，诸侯请而不赴”。

在顾简的《古福胜院记》中，就记载了这样一件事：曾经有人想请释大善前去讲法，结果不出意外遭到了拒绝。释大善说：“吾一生埋名，何有晚而变其操耶？”

释大善对待世间名利淡泊如水，而对待西溪诗文却是满怀热情。晚宋曾有遗民撰《西溪百咏》，明代隐士周谟也据此写了不少唱和之作，但遗憾的是皆未被文字留存，只在西溪百姓口中流传。释大善便多方收集，拾遗补缺，重新整理，逐篇加注，使之一景一题，相互印证，成为一部体例内容非常完整的西溪诗集，为西溪文化的薪火相传作出了很大的贡献。

难怪顾简在《古福胜院记》中，以十分景仰的口吻如此评价自己的好友释大善："三二十年名利不干，怀财宝不为念，大忘人世，隐迹岩丛，王命而不来，诸侯请而不赴。岂同我辈，贪名爱利，汩没世途，如短贩人。嗟夫！学出世间法于名利心尚未尽者，虽声播寰宇，余无取焉，是以我窃评师为僧中之巢许，末世之鸾凤，非虚语也。"

释大善用自己的言行诠释了什么叫品格端方，什么叫淡泊名利，因而被好友视为像上古贤人巢父、许由一般的高士；同时，他的一言一行也为我们后世树立了一座道德的丰碑。

只恐入山尚未深

中国历代文人自古都格外注重气节与操守，尤其是在“外族”入侵，改朝换代之际，不仕新朝、隐居避世，更成为那些自视为先朝遗民的文人们坚持操守的一种特殊选择。明清易代之际，目睹家国沦丧的惨痛经历，许多明朝遗民都十分坚决地拒绝了清廷的招纳，自动放弃优越光鲜的生活，纷纷来到清幽僻静的西溪结庐隐居。他们或栖身寺庵潜心静修，或隐迹田园吟咏山水，以隐逸的方式来感怀故国，寄托忧思，为国守节。

然而，在强大的新政面前，文人的力量毕竟是孱弱的。就连隐居这种最无奈最被动的坚守方式，有时也会成为一种奢望，并非每个人都能坚持到最后。所以，即便有心为国守节，可在种种客观严酷的现实面前，又不得不妥协退让，最终内心陷入无比愧疚和挣扎之中的现象也比比皆是。例如，有着“江左三大家”之称的明末清初著名诗人吴伟业，就是很典型的一个人物。

吴伟业，字骏公，号梅村，又号鹿樵生、灌隐主人、大运道人、旧史氏等，为江苏太仓人氏。他从小文才出众、学识广博，年仅十九岁便考上秀才，弱冠之年又高中举人。明崇祯四年（1631），二十二岁的吴伟业更是在会试和殿试中分别取得第一、第二的好成绩，荣登当科的榜眼。当时，曾经有人还怀疑说，这小伙年纪轻轻竟然有这么好的文才，每次都能考得这么好，莫不是作弊了吧？主考官为了洗清嫌疑，就将吴伟业的卷子呈送给崇祯皇帝，请皇上亲自御览把关。结果，崇祯看过卷子后，在上面批写了“正大博雅，足式诡靡”八个字，顿时平息了众人的无端猜测。当然，吴伟业的知名度也由此打响，并且走上了一条亨通显达的仕途。

他首先被任命为翰林院编修，之后又负责主持湖广乡试。六年后，他被召入皇宫，任东宫讲读官，为皇帝太子经筵进讲。之后，又历任南京国子监司业、左中允、左谕德、左庶子等职，其间虽然经历了一些朝党的纷争，但他的官阶却一直在步步高升。

那时的吴伟业，可不仅仅是个官运亨通的政客，更是一个有着真才实学的大诗人。他的诗取经唐人，格式工整，尤其是七言诗歌风格绮丽、自成一派，被称为“梅村体”或“娄东派”，对清代诗歌产生了深远的影响。而且，他不但工诗能文，还谙熟音律，擅长丹青绘画、填词赋曲和杂剧编撰，是一位多才多艺、学识渊博的文学艺术家。

作为一名有良知的官员，吴伟业虽然身在朝廷，但心里却一直装着百姓的疾苦，他曾以明末清初的一些政治事件为背景，创作了《悲歌赠吴季子》等一大批控诉严酷时政、反映百姓苦难的诗歌。当他看到晚明朝廷党派纷争、钩心斗角，致使整个大明王朝风雨飘摇、日薄西山，便毅然辞官。清兵南下之后，吴伟业更是长期隐居不仕以求坚守。

吴伟业有一位心性高洁的好友名叫胡介，字彦远，系博士弟子。明清易代后，清廷曾诏请其入仕，但他一口回绝，选择隐居西溪河渚。共同的价值观，吸引着吴伟业从家乡太仓来到钱塘西溪，借住在了胡介的旅园之中。他为胡介画了《河渚图》，还创作了七言诗作《题河渚图送彦远南归》：

我有田园虽共隐，君今朋友独何心。
还家早便更名姓，只恐入山尚未深。

一句“只恐入山尚未深”，便将他隐迹西溪、永不仕清的愿望刻画得入木三分。

———

可是天不遂人愿。清顺治十年（1653），已在西溪隐居了一段时光的吴伟业，忽然又接到了朝廷的诏书，命其进京赴任秘书院侍讲。

吴伟业早已隐居多年，为何清廷又会突然想起他来呢？这里面有两方面的原因：一来，虽然吴伟业隐居不仕，但作为复社的名宿，他继续主持着东南文社的活动，因此一直有着很高的声望；二来，他的亲家陈之遴是自明入清的大臣，为了借助吴伟业的声望在新朝党争之中增加己方力量，就向清廷极力举荐吴伟业。陈之遴知道隐居多年的吴伟业不愿仕清，便通过其母亲来迂回说服。在清廷的淫威和老母的敦促双重施压下，吴伟业最终还是动摇了。

作为一位声名显赫的先朝遗老，竟然要接受清廷的怀柔政策了，这对民众的抗清斗志必然会产生极为消极的影响。因此，吴伟业的好友们纷纷加以劝阻，在其临行大会上，有人甚至讥讽道：“千人石上坐千人，一半清朝一半明。寄语娄东吴学士，两朝天子一朝臣。”

对此，内心无比挣扎的吴伟业深感耻辱。在即将抵达京城的时候，他曾数次向朝廷上书祈求宽假放归，但都没有得到同意。虽然入仕之后没多久就被提拔为国子监祭酒，但吴伟业丝毫快乐不起来。相反，对于自己的屈节仕清感到痛悔无比，却又无力反抗，只能借助诗词来抒发满心的悲哀。

三年后，吴伟业的母亲过世，他终于得以守丧为由辞官南归，从此不再出仕。然而，就是这短短三年的仕清经历，就像一块永远抹不掉的污渍，沾染在了吴伟业光彩照人的人生历程之中，足以让这位才华横溢却性情优柔的一代大诗人痛悔终生了。康熙十一年（1672），吴伟业病故。临终前，他满怀悔恨地写下了一首《临终诗》：

忍死偷生廿载余，而今罪孽怎消除？
受恩欠债应填补，总比鸿毛也不如。

他还特地嘱咐家人，为其穿上和尚的服装入殓下葬。这位对名节看得很重的诗人，最终选择了以僧装赴死的方式，来抗拒清廷强迫汉人剃发易服的文化高压，向世人表达了他热爱故国的真正内心。

虽然吴伟业有过那么一段短暂的仕清经历，虽然他未能以死殉国来保持自己的名节，但对于有些历史人物，我们实在不能撇开当时的客观状况一味地去简单苛求。相反地，在吴伟业身上也有许多值得称道的闪光点，尤其是他那种强烈的自我反省、知耻后勇的精神，不正是一些丧失了敬畏之心的贪官污吏们需要好好学习的吗？

———

坚守文人气节，是一件值得称耀的事，但在明清交替的那个特殊年代，也确实是一件并不那么简单容易的事。有时候，即便你坚持做到了不仕清廷，却仍可能会因为别的一些原因，而不慎做出让自己遗恨终生的事情。

与吴伟业同一时代的钱塘“陆氏三龙”，是以文章和气节为世所重的三兄弟。但就是这令人称道的三兄弟中的老大陆圻，也因为“坚持原则”而做出了一件让自己内心永远无法安宁的事，使得曾经那般骄傲的自己，再也无法以一个坚守气节的明朝遗民自许，最终不得不选择逃离尘世。

“陆氏三龙”是明末清初非常有名的文人，这弟兄三个自幼聪颖，喜读善思，少年时代起即负诗名。长大之后，也是个个都很有出息。老大陆圻，字丽京，号讲山，不仅擅长作诗，还精通医术，是一代诗人和名医。他曾与明末著名学者陈子龙等十位诗人一起，在西湖之上创办文学社团，被世人称为“西泠十子”。陆圻因列十子之冠，其诗体又被称为“西泠体”。老二陆培，字鲲庭，为崇祯庚辰科进士。他不仅是一个出色的文人，还是一位忠直的官员，曾任执掌聘问、礼仪的行人司行人。老三陆堦，字梯霞，是三兄弟中最聪颖的一个，据说他出生的时候，手上就带有一个天生的花纹，极似“才人”二字。他既是一位文人名士，与两位兄长一道以文章领袖东南，又是一名卓有成效的教育家，曾任浙江最高学府万松书院的山长，教授过的学生遍布四方。

陆氏三兄弟都是十分看重气节的士人，明朝灭亡后，他们痛心疾首，满腔悲忿，纷纷以不同的方式为国守节。

老大陆圻谢绝了地方向清廷的举荐，携全家隐居西溪，坚守在故土家园之中，以赋诗作文来抚慰亡国的伤痛。他在《秦亭感怀》一诗中感叹道：

谁唱沧浪鼓枻歌，斜阳溪路晚来波。
篱边野客此时醉，碛里朔风何处多。
天目秋云分海峤，秦亭木落下关河。
砧声莫捣流黄锦，宋玉愁思奈尔何。

老三陆堦的选择也和老大一样，在西溪骆家庄隐居下来后，一边教书一边打鱼，过着坚守节操的钱塘遗民生活。

而老二陆培的义举，则更为震撼人心，更令人唏嘘赞叹。弘光元年（1645），陆培奉使到闽南，即将还朝的时候，听说南京沦陷，他就赶紧向南明潞王朱常淓进谏，希望能据守杭州抗击清兵。但是，朱常淓担心失败后祸及百姓，最后选择了投降。刚烈坚贞的陆培无奈退入西溪横山桐坞，恸哭着拜过大明毅宗烈皇帝朱由检及祖先后，决然自缢殉国，年仅二十八岁。

——

陆氏三兄弟忠于故国，矢志守节，他们或殉节或隐居，用各自的方式捍卫着江南文人的气节，本来完全都可以谱写出一曲曲激荡人心的精神赞歌。但万万没有想到的是，一场突如其来的“《明史》案”，竟将本来毫不相干的陆圻拖入了一段万劫不复的深渊中，使他的人生方向突然发生了改变。

事情的原委还要从双目失明的南浔富户庄廷鑨组织修订《明史》说起。顺治八年（1651），庄廷鑨因机缘巧合购得天启朝大学士朱国祯一部尚未完成的《明史》，便想效仿双目失明编撰史书的东周先贤左丘明著写一部史书。他不惜耗费巨资，聘请了十六位江南名士对朱国祯的《明史》进行增润删节、修订补编，重点补写了崇祯朝和南明等史事。为了扩大该书的影响，抬高著作的身价，庄廷𨰾想再邀请陆圻、查继佐和范骧三位久负盛名的文人名士加盟编撰。但他知道这三位名家性情孤傲，从不与商人来往，便索性自作主张，未征得他们的同意，就将三人的名字列入了修订者的名单之中。

这部明朝史书修订了近五年时间，顺治十二年（1655）该书正式定稿之际，庄廷𨰾因病去世，他的老父庄允诚为完成儿子的未竟之愿，又花了五年时间将该书刻印而成，定名《明史辑略》正式发行。

陆圻是何等看重名誉之人，当他得知自己的名字被人擅自印在了根本没有参与过编修的书上，当然是万分恼火。他与查继佐、范骧一起写了实名举报信，向浙江按察使司衙门检举此事。

因这部《明史辑略》仍将明朝年号奉为正统，不认清朝为正统，且将努尔哈赤和清兵称为“奴酋”和“建夷”，触犯了清朝的大忌，被时任归安知县的贪赃小人吴之荣告发，从而引发了株连极广、惨绝人寰的清初第一文字大狱，总共牵连上千人，有七十余人惨遭杀害，其中十八人被凌迟处死。就连已故的庄廷𨰾，也被掘墓刨棺，斩首碎骨，悬尸示众。

陆圻虽未参与编修，但其一家老小一百七十多人也因此被发配塞外苦寒之地。所幸的是，他和查继佐、范骧有检举情形在先，最终得以无罪获释。可笑的是，三人竟然“因祸得福”，因为检举有功而得到了被抄没之庄家部分财产的奖励。

烈火见真金，苦难见人心。利益面前，曾经的抗清志士查继佐沦为了见利忘义之辈，接受了整整十多艘船的财物。而品格高洁的陆圻和范骧，则坚决不收这不义之财。目睹了“《明史》案”的惨烈悲痛后，陆圻的内心大为震撼。虽然他当初的检举并非有意告密，而是出于对欺世盗名行为的深恶痛绝，是对自我名誉权的捍卫。但客观上，他又成为这起文字惨案的告发者之一。每每想到这一点，陆圻的内心就备受煎熬。

在这种状况下，要想继续以守节遗民的形象若无其事地隐居在西溪已是不可能了。于是，他最终选择了弃家远行，不知所踪。

在陆圻这种充满悲剧性的自我放逐中，我们分明能够感受到这位清高士人最后的自我救赎。他的这种自我救赎，足以引起后人的充分同情与谅解。清代藏书家丁立中就专门为陆圻写下《骆家庄怀陆景宜》一诗，充分肯定了他为文为德皆卓尔不群的一生：

避居河渚骆家庄，奉养慈亲且退藏。
何竟参禅同贾岛，未能治疾隐韩康。
纂修口谱黄山老，继述心传白石郎。
为土为斤音取六，推尊十子美钱塘。